숲으로 가면
깨닫는 것들

· 일러두기
이 책은《이젠, 다르게 살아야 한다》(2013)의 개정증보판입니다.

이시형 박사가 권하는 자연명상

숲으로 가면 깨닫는 것들

이시형
지음

자음과모음

3장 자연에서 배우는 삶의 지혜

4장 시간의 흐름을 따라 살기

5장 잠시 멈춤 그리고 천천히 걷기

6장 명상이 우리에게 주는 것들

7장 자연과 교감하면 그것이 명상

이 책의 초판이 발행된 지도 어언 7~8년이 지났습니다. 그 사이 한국 사회는 물론이고 한국 사람의 의식도 많이 바뀌었습니다. 우선, 자연에 관한 관심이 부쩍 높아졌습니다. 먹거리도 자연산, 유기농을 찾습니다. 펜션이나 주말 전원주택을 찾는 이도 부쩍 늘었습니다. 그리고 놀랍게도 명상 인구가 가히 폭발적으로 증가하고 있습니다. 얼마 전까지만 해도 명상이라고 하면 절에서 하는 종교적 의식처럼 생각하는 사람이 많았지만, 지금은 많이 달라졌습니다. 시중엔 온갖 이름의 명상센터가 많이 생겼습니다. 각산 스님을 중심으로 한 명상의 탈종교화, 범시민 운동화 노력도 한몫했습니다.

새삼 강조할 것도 없지만, 이 지구상에서 가장 명상이 필요한 사람은 오늘을 사는 한국인이 아닌가 하는 생각을 깊이 해봅니다. 우리는 그간 산업화 건설을 위해 격정적인 삶을 살아왔습니다. '빨리빨리 문화'가 우리를 들쑤셔 놓았습니다. 급하고, 격하고, 충동적이고, 때론 폭발적인 성격이 되었습니다. 사회정신의학을 공부하는 사람으로서 명상을 강조하지 않을 수 없는 게 오늘날 한국 사회의 현실입니다.

이 책은 초판이 출간된 이래 많은 사람들의 관심을 받았습니다. 산림 관계 전문 인사들이나 관련 학과 학생들의 애독서가 되었다고들 합니다. 자연명상은 그간 우리 힐리언스 선마을에서 가장 인기 있는 프로그램이 되었습니다. 한겨울 눈 속에서도 강행하지만 낙오하는 사람이 거의 없습니다. 자연에 대한 향수, 명상의 효과에 대한 인식이 달라졌다는 증거입니다.

이번 개정판에는 뇌 피로와 뇌과학의 최신 지견, 그리고 새로 발족하는 유기농에 관한 이야기 등이 보충되었습니다. 그리고 제일 마지막 장인 '자연치유명상의 실제'에서는 누구나 쉽게 자연명상을 할 수 있도록 부기했습니다.

이 책이 산과 명상에 좀 더 가까이 다가갈 기회가 되었으면 좋겠습니다.

내가 체험한
자연 속 힐링 파워

예전에 《이시형처럼 살아라》(비타북스, 2012)라는 책을 쓴 적이 있습니다. 나와 같은 시대를 살아온 사람들은 다 그러했지만 특히 내겐 힘든 나날이었습니다. 15세에 한국전쟁을 겪으면서 열세 식구의 가장 노릇을 해야 했습니다. 앞만 보고 달려온 '돌격 앞으로'의 참으로 힘든 질곡의 세월이었습니다.

그러다 덜컹, 내 몸이 완전히 내려앉았습니다. 정확히 46세, 내무릎은 노인성 퇴행성 관절로 지팡이 신세를 져야 했고, 허리 디스크로 앉기도 힘들었으며, 서맥으로 인한 현기증이 나를 괴롭혔습니다.

'이대로는 안 된다.' 이젠 내 생활을 다듬을 수밖에 없었습니다. 수술도 거부하고, 약을 끊고 생활습관 개선을 통해 건강 회복에 힘쓰지 않을 수 없게 되었습니다. 약을 쓰지 않고 스트레스나 병으로부터 우리를 방어해 주는 방어 체력 증강에 힘을 기울였습니다.

딱하게도 이건 나만의 문제는 아니었습니다. 병원에 장사진을 치고 앉은 환자들도 모두 나와 같은 처지입니다. 저분들이 평소에 조금만 심신을 다듬고 건강에 유념했더라면 저 고생을 안 해도 될 텐데. 자연의학, 생활습관의학 공부가 시작된 건 그때부터였습니다.

과학문명은 편이, 쾌적, 효율을 추구하지만 그로 인한 역기능으로 만만치 않게 건강상의 문제를 몰고 온 양날의 칼입니다. 우리는 가히 과학문명 중독증에 빠졌다고 해도 과언이 아닙니다. 한 블록을 걷지 않습니다. 지하철 계단은 텅 비어 있고 에스컬레이터엔 긴 줄이 늘어섭니다. 춥다고 히터, 덥다고 에어컨…… 우리 건강이 성할 수 없습니다.

이것이 내가 깊은 산골에 자연의학 캠프를 마련한 시대적 배경입니다. 홍천 산골에 터를 잡고 구상한 지도 족히 20년이 되었습니다. 우여곡절 끝에 힐리언스 선마을이 열렸던 당시에는 웰빙 붐이 일었습니다.

자연 속에 힐링 파워가 있다는 게 내 신념이었고, 이를 의학적으로 활용하자는 게 우리 마을의 목적이자 이념입니다. 자연의학 힐링 캠프이기 때문에 여기엔 의학 시설이라곤 아무것도 없습니다. 과학문명의 폐해로부터 인간을 보호하자는 생각에서였습니다. 우리 캠프엔 고압 전선도 안테나도 없고, 출구가 완전히 가려져 있어 밖에 전쟁이 나도 모르는 은거지입니다. 휴대 전화도 안 터지고 TV, 라디오, 인터넷, 신문, 아무것도 없는 참으로 재미없는 곳입니다. 하지만 여길 찾는 손님은 그게 무엇보다 좋았다고 합니다. 노마드적, 원시적 향수가 충족되었기 때문입니다. 10년을 이렇게 산속에 사노라니 의학 서적이나 어떤 인문학 서적에서도 배울 수 없었던 참으로 소중한 체험을 하게 되었습니다.

그간 나는 꽤 많은 책을 썼습니다만 대부분이 정신과 에세이였습니다. 하지만 본서는 내가 몸으로 부딪혀 익힌 걸 풀어놓은 것입니다. 나 혼자 간직하기엔 아까운 체험들이라 함께 나누고자 쓴 책입니다.

가끔씩 등장하는 선마을에 대한 이야기는 그냥 자연, 숲이라 읽어주시기 바랍니다. 내가 체험한 걸 풀어쓰자니 많은 시간을 보낸 우리 마을 이야기가 나올 수밖에 없습니다.《월든》을 쓴 소로에 비하긴 외람스럽지만 그런 뜻으로 읽어주시면 고맙겠습니다. 이 책은 선마을 홍보용이 아닙니다. 고맙게도 이제 선마을은 예약으로 넘쳐납니다. 산이 주는 힐링 파워를 체득한 분들이 늘어나고 있는 게 무엇보다 고마운 일입니다. 우리나라엔 명산이 따로 없습니다. 어디나 선마을입니다. 그냥 산골이라 읽어주셔야 편합니다.

우리에겐 산이 너무 흔해서 산의 소중함을 잘 모르고 지내는 것 같습니다. 산은 그냥 바쁘게 오르내리는 걸로는 별다른 의미가 없습니다. 최소한 며칠은 산에서 묵어야 합니다. 이 한마디로 글을 시작하려 합니다.

삼각산 정기가 한강의 기적을

이진형

1장

정상에 올라
돌아보니

한강의 기적은
어디서?

이건 정말 기적입니다. 사람들은 쉽게 한강의 기적이라고들 말하지만, 춥고 가난했던 시절을 살아왔던 세대에게 이건 정말 기적 중의 기적입니다. 누가 이런 좋은 세상이 될 줄 상상이나 할수 있었겠습니까. 1960년대 초반만 해도 우리는 아프리카 평균보다 못했다고 합니다. 그 당시 미국 유학을 떠날 수 있었던 것은 내겐 정말 행운이자 축복이었습니다. 하지만 난 고개를 들고 다닐 수 없었습니다. 특히 교회 앞, 그곳엔 '한국 고아에게 한 푼을'이라고 적힌 커다란 엠블럼이 붙어 있었습니다. 낡은 작업복에 깡통을 든 한국 고아들을 난 차마 쳐다볼 수가 없었습니다. 부끄러운 고백 한마디, 난 누가 묻지 않는 한 한국인이란 말을 하지 않았습니다. 미국 백화점에 'Made In Korea'라곤 가발밖에 없었습니다. 당시 우리는 세발자전거 하나 옳게 만들 기술도 없었습니다. 그런 나라였습니다. 오늘 우리가 사는 형편을 둘러보고 있노라면 이 어찌 기적이 아니라고 할 수 있겠습니까. 이 시대, 이 땅에 태어난 것만으로도 큰 축복이죠. 몇 발자국만 더 북쪽에서 태어났더라면 우리 팔자가 어떻게 되었겠어요. 생각할수록 끔찍하고 소름끼칠 일 아닌가요. 아니, 우리가 백 년 전에 태어났더라면? 우리는 역사상 가장 축복받은 세대입니다. 몇 번이고 가슴에 새겨야 합니다. 어디 무슨 불평이 나올 수 있겠습니까. 행여 살다 힘이 빠지거나 실패, 낙담, 좌절에 빠지거든 백두대간의 늠름한 모습을 바라보십시오. 순간 힘이 날 겁니다. 용트림하듯 굽이쳐 흐르는 한반도의 기둥 백두대간의 기상이 오늘의 기적을 일군 원동력입니다. 한강의 기적이라지만 그 한강도 백두대간에서 유래합니다. 한국의 모든 강은 백두대간에서 발원합니다. 천만 년을 저렇게 힘차게 뻗어 있는 백두대간, 한국의 혼이 거기 살아 있습니다. 한국인이 가진 무서운 저력의 원천이 백두대간에서 비롯합니다. 백두대간이 곧 한국의 얼이오, 한국의 힘입니다. 이렇게 힘차고 수려한 산은 세계 어디를 가도 없습니다. 금수강산은 애국가의 한 구절이 아닙니다. 우리는 이렇게 아름다운 산을 지붕 삼아 살고 있습니다. 신비롭고 영험한 백두대간이 우리에게 무한한 힘을 주고 있습니다.

한국의 산이
천재를

1960년대 초만 해도 우리 수준은 세발자전거도 제대로 만들 기술이 없었습니다. 전쟁이 휩쓸고 간 폐허, 지하자원 하나 없는 나라에 어떻게 이런 기적을? 세계 제일의 첨단 IT산업에서 중공업까지. 누구도 상상조차 할 수 없었던 기적을 일구어냈습니다.

도대체 그 기적의 힘은 무엇일까요? 무엇보다도 한국인의 두뇌가 세계적 천재 수준이라는 게 학계의 공통된 의견입니다. 그리고 기마민족 특유의 겁 없는 도전성, 무교적 기질의 신명성, 정착농경의 근면성, 지성과 감성의 양뇌형, 그리고 우리의 끝없는 상향성上向性의 민족성이 뒷받침하고 있습니다.

그렇다면 한국인의 천재성은 어디서 왔을까요? 그 기원이 한국의 산이라면 놀라겠지요. 천재학 연구에 의하면 천재는 아무 데서나 나는 게 아닙니다.

풍토적으로 '경관이 좋아야' 한다는 게 첫째 조건입니다. 한국의 산을 보세요. 사계절의 오묘한 변화만인가요. 그 오밀조밀한 산들의 높고 낮은 실루엣, 금수강산이란 표현이 결코 과장이 아닙니다. 한국의 산만큼 아름다운 산은 세상 어디에도 흔치 않습니다. 둘째 조건이 공기가 맑아야 합니다. 산중의 공기는 지금도 맑다 못해 아주 답니다. 끝으로 아이들이 영적 자극이나 휴식을 취할 수 있는 곳이 많아야 합니다. 성당, 교회, 미술관, 박물관 등이 도처에 즐비해야 합니다. 한국엔 발길 닿는 곳에 사찰이 있습니다. 아일랜드는 인구가 400만 명 남짓인데 노벨상 수상자는 40여 명이나 됩니다. 그곳 풍광이며 공기는 세계적입니다. 도처에 성당, 박물관이 즐비합니다.

해마다 헬싱키 대학이 지능지수 발표를 합니다. 싱가폴이 103점으로 1위, 한국이 2위 102점입니다. 수학·과학 경시대회에는 한국 학생이 언제나 세계 정상권입니다. 기능올림픽 16연패라는 경이적 기록, 한국인의 우수성은 이젠 세계가 인정합니다. 세계적인 기업의 R&D 부분은 모두 한국에 모여 있습니다. 지금 미국 가정에서는 한국식 교육을 모델링하고 있습니다. 한국인 두뇌의 우수성은 이제 세계 학회가 인정합니다. 결론은 간단명료합니다. 우수하지 않고는 이런 기적을 일구어낼 순 없습니다.

국가 경쟁력에서 세계 3위. 아무런 인프라 없이 맨땅에서 시작한 한국의 근대화, 역사학자들은 세계 4대 혁명의 하나로 한국의 근대화 혁명을 듭니다. 영국의 산업혁명, 프랑스의 시민혁명, 미국의 경제혁명 다음이 우리의 기적 같은 근대화 혁명이라니 놀라지 않을 수 없습니다. 이런 성공은 한국인의 우수한 두뇌 없이는 불가능한 일입니다. 그리고 그 우수한 두뇌가 한국의 아름다운 산이 배경이라니 놀랄 일 아닙니까.

이렇게 아름다운 세계적 명산들을 개발이라는 이름으로 망가트리고 있습니다. 무슨 길이 그렇게 많아야 하는지. 그 깊은 산골까지 웬 4차선 도로일까요? 도대체 여기에 왜 길을 만들어야 했을까요? 소시민의 좁은 소견으로는 이해가 안 가는 샛길이 너무나 많습니다. 문제는 새 도로를 막을 세력이 없습니다. 지자체나 지방, 국회의원들은 실적을 쌓아 좋고 산골사람 보상 받아 좋고 사람들은 편리해서 좋고 도로공사는 일감이 있어 좋고……. 오늘도 이 아름다운 강산은 벌겋게 조각 나고 있습니다. 한국인의 두뇌가 조각이 나는 느낌입니다.

산이 주는 축복

얼마 전 사우디에서 병원 관계 유력 인사가 찾아왔습니다. 한국에서 병원을 통째로 수입하겠다는 겁니다. 건설에서 시설, 스태프까지. 우리로선 놓칠 수 없는 큰손이었습니다. 내가 안내를 맡게 되었습니다. 바쁜 일정을 다 젖혀두고 꼬박 3일, 그를 수행해야 했습니다. 당시 내 기분을 그대로 이야기한다면 조금 자존심이 상했습니다. 내가 무슨 장사꾼도 아닌데 왜 이래야 하나 싶었습니다.

'이게 오일 달러의 힘인가. 세상 참 공평치 않구나. 왜 우리나라에는 기름 한 방울 안 나지?'

속으로 이렇게 투덜대고 있는데, 북한산 식당에서 그가 발아래 산들을 창문으로 한참 내려다보더니 그러는 겁니다.

"이런 젠장, 하느님이 왜 이리 불공평하지. 한국엔 이렇게 아름답고 많은 산을 사우디에도 하나쯤 줄 것이지."

내가 온종일 불공평하다고 투덜댔는데……. 그 말을 듣고 보니 세상은 참 공평하단 생각을 하게 되었습니다. 이렇게 아름다운 금수강산에 기름까지 묻어 놓았다면 이거야말로 불공평한 일 아닙니까. 중동 사막지대에 기름이라도 묻어 두어야 공평한 일 아닙니까. 그리고 보니 세계 지도를 훑어보면 자연 경관이 수려한 곳엔 기름이 안 납니다. 미국은 워낙 땅덩이가 크니까 기름이 나긴 하지만 사막지대 아니면 늪지대에서 납니다.

하늘은 공평합니다. 아니, 한국을 편애하는 게 아닌가 하는 생각마저 듭니다. 하늘은 우리에게 참으로 많은 걸 주었습니다. 수려한 강산, 좋은 머리, 재주, 끈기, 근면성, 낙천성, 도전성, 진취성, 거기에 경제, 기술, 하이테크까지 우린 모든 걸 다 갖추었습니다. 우린 세계 정상에 섰습니다. 문제는 아직도 우리 국민이 이걸 인식하지 못하고 있다는 사실입니다.

이제 우린 세계를 두루 넓게 보고 큰 판을 짜야 하는 시대를 맞이했습니다. 더 이상 우물 안 개구리가 아닙니다. 우리끼리 오순도순 지내던 시대는 지났습니다. 문을 활짝 열어야 합니다. 그리고 세계 사태에 책임을 질 각오가 돼 있어야 합니다. 지금도 FTA 반대 세력은 만만치 않습니다. 손해 보는 구석이 있다는 계산에서 겠지만 큰 틀에선 열어야 합니다. 문을 닫고 잘되는 나라는 역사에서 찾아보기 힘듭니다. 1850년대 일본은 서구 문물에 문을 열고 우리는 대원군의 쇄국 정책을 펼쳤습니다. 이것이 오늘날 대일무역 적자 300억 달러를 만든 분수령이 되었습니다. 북한을 보십시오. 국가의 폐쇄성이 얼마나 심각한 문제를 야기시키는지.

우린 정상에 섰습니다. 정상에 올라서면 호연지기만인가요. 멀리 보는 안목이 생깁니다. 아메리칸 인디언은 아이의 나이에 따라 적당한 높이의 산정에서 며칠 밤을 묵게 합니다. 이를 '퀘스트'라고 하는데 특히 사내아이들에겐 빼놓을 수 없는 중요한 통과 의례 수업입니다. 대학 때 팔공산 정상에서 내려다본 대구 시가는 왜 그리 작고 초라하던지, 저 속에서 무얼 하겠다고 아웅다웅 아귀다툼을 해야 했는지 내 자신이 한없이 부끄러워지곤 했던 기억이 지금도 아련합니다.

한국엔 지천에 널린 게 산입니다. 산이 있다는 게 얼마나 큰 축복입니까. 우리가 경제 정상에 설 수 있었던 그 바탕에는 한국의 산이 정신적 지주로 자리하고 있다는 게 내 생각입니다.

산의 고독력을 닮자

우리 마을엔 계곡을 따라 여기저기 평상이 놓여 있습니다. 혼자 자연에 묻혀 낮잠도 자고 명상도 하고 기획 구상이나 책을 읽는 혼자만의 공간입니다.

산행은 여럿이도 즐겁지만 산의 깊은 맛을 알려면 역시 혼자여야 한다는 게 내 생각입니다. 그래야 비로소 자기가 보입니다. 바쁜 도시생활에서 잃어버린 자신을 만날 수 있는 행운도 혼자라야 합니다. 절이나 수도원이 산중에 있는 것도 그래서일 것입니다. 맑은 정신으로 기획 구상, 주의 집중 역시 혼자여야 한다는 게 내 경험입니다.

나는 짧은 글이면 아무 데서나 잘 씁니다. 그러나 책을 집필하거나 깊이 생각을 가다듬어야 할 때는 반드시 혼자 산속 깊이 은거합니다. 누구든 옆에 얼씬거리면 벌써 주의가 산만해져 글 속에 빠져들 수도 없거니와 사고의 흐름이 끊겨버립니다. Flow 상태에 몰입하려면 역시 산중이어야 합니다. 도심에선 아무래도 방해 요인이 많습니다. 더구나 나처럼 주의가 산만해지기 쉬운 사람에겐 도심에서의 깊은 집중은 불가능에 가깝습니다. 산중에, 그것도 철저히 혼자여야 합니다. 이것이 고독력입니다. 난 이 말을 참 좋아합니다. 이것은 물론 가벼운 외로움과는 차원이 다릅니다. 혼자 방에 죽치고 앉은 사람은 고독합니다. 이건 고독감, 영어로는 'Loneliness'라고 합니다. 그러나 혼자일 수 있는 힘, 혼자이기에 더 강하고 더 정신적인 일을 잘 할 수 있는 능력이 고독력입니다. 영어에선 'Solitude'라고 하지요. 나를 돌아보고 세상을 두루 볼 수 있는 혜안이 여기에서 비롯됩니다. 영적인 교감, 우주적 감각과 공명하려면 산속 고독력을 닦아야 합니다. 고맙게도 내겐 그런 곳이 참 많습니다. 봉평 허브나라 내 서재는 아예 숲속 나무에 걸쳐 있습니다. 선마을 내 서재, 박달재 리솜, 수유리 아카데미하우스도 사색하고 글쓰기에 더없이 좋은 곳입니다.

산은 혼자입니다. 그러나 만고에 흔들리지 않습니다.

창조적 아이디어가
홀연히

얼른 보기엔 무료한 시간을 보내는 것 같기도 한 것이 산에서의 생활입니다. 하지만 그렇게 느리고 풀린 상태에서 상상도 못 했던 큰 선물이 떨어질 수 있습니다.

우리는 누구나 오래 풀리지 않는 숙제 한두 개쯤 저 뇌리 깊숙이 묻어두고 있지 않나요? 도저히 풀리지 않아 무의식 깊이 묻어둔 숙제가 산에서 지내는 어느 순간 확 풀릴 때가 있습니다. 기막힌 아이디어가 섬광처럼 솟아오른 것입니다. 뇌과학에서는 이를 섬광Flash이라고 부릅니다. 아무것도 하지 않는 그 무위無爲의 순간에 어쩌면 이런 기막힌 아이디어가 떠오를까요? 도심 사무실에서 그렇게 애써 풀려던 숙제가 어쩌면 이런 순간에 풀릴까요? 본인으로서는 이상한 일이겠지만 뇌과학적으로는 분명한 이론적 근거가 있습니다.

우선 도심 사무실을 떠났다는 사실, 일에 매이지 않고 자유로운 상태 그리고 산에서는 오감 아니 영감까지 열린 상태입니다. 풀리지 않은 숙제에 매달려 있노라면 계속 같은 뇌 회로만 맴돌고 있으니 새로운 아이디어가 떠오를 수가 없습니다. 산에서는 뇌 회로가 완전히 바뀝니다. 사무실에서의 기계적이고 똑같은 회로가 아닌 전혀 다른 회로가 작동하게 됩니다.

이상하게도 창조적 아이디어는 맑은 정신이 아니고 조금은 멍청한 상태에서 잘 떠오릅니다. 적당히 바쁜 일과, 멍하니 떠가는 구름을 바라보는 순간, 적당히 취해 흐느적거리고 돌아오는 귀갓길, 아니면 잠이 들 무렵의 멍청한 순간 불현듯 떠오르는 것이 아이디어입니다. 그렇다고 이것이 누구에게나 그냥 떠오르진 않습니다. 생각하고, 고민하고, 문제를 안고 끙끙거리며, 그래도 생각의 끈을 놓지 않고 골똘히 사색을 하는…… 그런 사람에게 어느 순간 찾아오는 축복입니다. 이것이 잠재의식의 특성입니다. 많은 아이디어들이 잠재의식의 용광로에서 편집, 요약되어 현실 감각이 무뎌진 멍청한 틈을 뚫고 올라옵니다. 누구의 간섭도 압력도 받지 않고 자유로운 생각을 천천히 할 수 있는 나만의 시간이 그래서 소중한 것입니다.

엘리트에게 휴식이 필요한 이유입니다. DMNDefault Mode Network 이라고 하는 휴식할 때 활동하는 회로가 작동하며 기막힌 아이디어가 떠오르게 됩니다. 책상에 오래 붙어 앉아 씨름한다고 문제가 풀리진 않습니다. 쉼이 있어야 합니다.

창조의 샘

창조적인 삶이 젊음과 건강의 비결이 된다는 건 상식입니다. 새로운 창조를 위해선 좋은 아이디어, 영감이 필요합니다. 한데 이게 쉬 떠오르지 않습니다. 주제를 안고 며칠 아니, 몇 달을 씨름해도 풀리진 않고, 머리가 아주 꽉 막혀버린 느낌이 듭니다.

신문에 소설을 연재 중이던 작가가 스토리가 더 이상 풀리지 않자 그대로 잠적해버린 사건도 있었습니다. 아예 절필을 선언한 작가도 있습니다. 이렇게까지 절박하지 않더라도 일상에서 누구나 비슷한 경험을 한 적이 있을 것입니다.

그럴 땐 떠나야 합니다. 가까운 공원도 좋습니다. 일단 방을 나와 조용히 걸어보십시오. 그리고 조용히 호흡을 해보십시오. 당장 마음이 편안하고 여유로워지는 걸 느낄 수 있습니다. 쫓기는 듯한 압박감에서 해방되면 머리도 한결 부드러워집니다.

기억하십시오. 세상을 놀라게 한 위인들의 창조적 아이디어가 걸으면서 생겨났다는 사실을. 멀리 아리스토텔레스의 소요철학을 위시해서 에디슨의 그 수많은 발명도 이웃 맨로 공원의 숲 사이 오솔길에서 탄생했노라고 그의 자서전은 밝히고 있습니다. 아인슈타인의 상대성이론도 학생들과 산책 중에 떠올랐다고 합니다.

선마을에 새 손님이 입소하는 날엔 〈전원 교향곡〉을 배경 음악으로 들려줍니다. 풍요로운 자연의 운치를 더해줍니다. 특히 3악장의 시냇물 흐르는 소리의 화음은 그의 천재성이 유감없이 발휘된 대목입니다. 이 아름다운 곡은 베토벤이 한적한 시골, 하이겐슈타트의 산야를 거닐면서 자연의 아름다움에 도취되어 만든 곡입니다.

이제, 닫힌 오감이 절로 열립니다. 창조의 샘 우뇌가 열리고 조용히 걸으면 영감이 솟아납니다. 호흡이 조용해지면서 마음이 가라앉습니다. 맑은 공기, 숲의 신령한 기운까지 깊이 들이마십니다. 영어에선 흡기를 'Inspiration' 즉 'In-Spirit', 혼을 들이마신다고 말합니다. 그리고 영감이란 말도 'Inspiration'으로 씁니다. 이것이 과연 우연의 일치일까요? 이는 오랜 삶에서 얻은 깊은 경험적 지혜의 소산입니다. 호흡을 조용히 하고 마음이 가라앉을 때, 영감이 잘 떠오르기 때문입니다. 거기다 조용한 걸음이 영감을 더 쉽게 촉발해줍니다.

최근 발달된 뇌과학이 이를 증명하고 있습니다. 아이디어는 뇌가 조용히 흔들릴 때 잘 떠오른다는 것도 실험으로 증명되었습니다. 조용한 호흡과 보행, 이때 특히 해마의 세타파가 활성화됨니다. 그리고 세로토닌 분비가 활발해집니다. 이럴 때 뇌는 가장 창조적인 아이디어가 떠오르는 상태가 됩니다.

내가 좋아하는 미야자와 시인은 노환으로 바깥 나들이를 못 하게 되자 들과 산을 자유롭게 걷는다는 게 얼마나 큰 축복인가, 그 자체가 기적이라고 예찬했습니다.

　　바람이 부르고 있다

그가 병상에서 남긴 시입니다. 바람을 맞으며 걷는 그 기분은 일종의 종교적 감정에 휩싸인 행복감이라고 극찬했습니다.

우리 마을엔 뛰고 달리는 길은 없습니다. 또 그래야 할 필요도 없습니다. 선마을을 비탈길에 정한 사연을 급한 도시인들이 이해해줬으면 좋겠습니다.

정상에 섰다

여기는 정상! 알피니스트가 무전기로 이 말을 할 때만큼 감격스러운 순간이 있을까요? 이 순간을 위해 죽음을 무릅쓰고 여기까지 오지 않았던가요. 정상을 향하는 알피니스트의 힘겨운 발자국 하나하나를 바라보노라면 한국의 지난날이 눈에 아련합니다. 정말 힘들게 올랐습니다. 남들이 300년 걸려 올랐다는 산업화 정상을 불과 40년 만에 이룩했으니 그 감회 오죽할까요. 3만 달러에 육박하는 GNP, 세계 10위권에 성큼 올라선 것입니다.

그런데 문제는, 경제는 정상인데 우리 마음이 아직 바닥입니다. 우린 지금도 더 올라가야 한다고 생각합니다. 누구도 이만하면 됐단 소리를 하지 않습니다. 계속 더 올라야 한다는 등산 심리에 쫓기니 아등바등, 도대체 여유가 없습니다. 발아래 핀 꽃 한 송이에도 눈길 한 번 줄 여유가 없습니다. 정부에서도 이젠 4만 달러 고지를 향해 돌격 앞으로입니다.

하지만 여보게들! 우린 이제 정상에 섰습니다. 여긴 정상입니다. 정상에 올라서면 당장 호흡이 달라집니다. 후유~ 무거운 짐도 내려놓고 저 멀리 발아래 경치도 바라보면서 도시락도 즐겨 먹고 이웃과 정담도 나누고, 우린 그럴 자격이 있습니다. 5천 년,

그 지겨운 가난의 세월을 뒤로하고 우리에게 주어진 이 축복의 시간을 고맙게, 그리고 즐겨야 합니다.

더 높이? 반대할 명분은 내게도 없습니다. 다만 지금까지의 방법으로는 안 되겠다는 것, 다리가 내려앉고 백화점이 무너지는 원시적 사고가 더 이상 일어나선 안 된다는 것입니다.

이제 우린 세계 정상, 온 세계 사람들이 우리를 쳐다보고 있습니다. 더 높이, 더 멀리 가는 것도 좋지만 이젠 차분하게 합리적으로 가야 합니다. 억지나 무리는 안 됩니다. 등산길이 어찌 수월할 수야 있겠습니까만 그래도 이젠 여유 있게 품격을 지켜 올라야 합니다. 우린 지금 세계 정상에 섰다는 확실한 의식을 가져야 합니다.

이젠 외적·양적 성장의 시대가 아닌 내적 성숙의 시대입니다. 공격적인 놀아드레날린, 환희의 도파민의 격정적 시대가 아닌 차분한 세로토닌의 시대입니다.

한국을 배우기 위해 모여든 외국인이 130만 명입니다. 후발 국가만이 아닌 선진국에서도 한국의 기적 같은 발전의 비결을 배우러 찾아옵니다. 이제 우린 세계를 이끌고 갈 리더라는 사실을 다시 한 번 인식해야겠습니다.

이젠
하산할 준비도

정상에서의 환희는 길지 않습니다. 그게 산행의 속성입니다. 올라 왔으면 내려가야 하는 게 또한 세상의 이치입니다. 고공 행진은 벌써 마감, 우린 지금 저성장시대로 접어들고 있습니다. 그리고 문외한 눈에도 세계 경제도, 우리 경제 상황도 심상치 않습니다.

나는 우리 정치 지도자들에게 산행을 권하고 싶습니다. 오르면 내려가야 한다는 이 단순·명쾌한 논리를 몸으로 체험했으면 합니다. 산이 웃습니다. 등산만 있고 하산이 없는 산행은 없습니다. "우린 이제 내려갈 준비를 해야 합니다. 우리 당은 화려한 공약을 할 순 없습니다."

산을 오르면 이런 말이 절로 나오게 됩니다. 겸허하고 현실성 있는 공약에 국민은 귀를 기울일 것입니다. 산 같은 사람으로 신뢰를 받을 것입니다.

사실 산은 하산할 때가 더 위험합니다. 사고도 그때 일어납니다. 서둘거나 뛰어내리다간 자칫 큰 사고가 일어날 수도 있습니다. 조심스럽게 우아한 하산을 해야 합니다. 하산이라고 반드시 부정적인 이미지를 떠올릴 필요는 없습니다.

세계 역사를 보면 전성기보다 하산할 즈음의 성숙기에 문화가 탄생합니다. 세계를 정복한 로마, 오스트리아, 오스만 터키, 이들의 전성시대는 전쟁과 약탈, 영토 확장에만 눈이 팔려 야만일색이었습니다. 그러다 전성기가 지나 안정기가 도래하고, 그리고 쇠퇴기에 접어들면서 문화가 꽃피기 시작합니다. '하산을 잘해야겠구나.' 이 나라의 화려한 유물들을 돌아보면서, 그리고 대조적으로 오늘날 이들 나라 국민들의 쇠락한 생활을 보면서 이런 생각이 더 절실해집니다.

우리 한국도 경제적으로 정상에 섰습니다. 하지만 문화적 성숙도에서 아직도 선진국과는 엄청난 격차가 있습니다.

바야흐로 세계는 미증유의 시대를 맞고 있습니다. EU도 미국도 경제적으로 흔들리고 있습니다. 우리라고 언제까지나 정상의 환희에 들떠 있을 순 없습니다. 올라온 길만큼 하산길도 만만치 않습니다. 앞으로의 우리 시대가 요구하는 지도자는 어쩌면 등산길보다 하산길을 잘 끌고 가야 할 인물이어야 한다는 게 내 생각입니다. 오를 땐 정상을 향한 희망이 있지만 하산길은 언제나 서운하고 아쉽습니다. 사기 면에서도 오를 때와는 전혀 다릅니다. 누군들 하산을 좋아하겠습니까. 하지만 우린 지금 그 시점에 서 있다는 냉엄한 사실을 직시할 수 있어야 합니다.

하산의
미학美學

하산이라니까 사람들 마음이 어두워집니다. 정상을 뒤로하고 내려오는 것이 아쉬울 것입니다. 사람들은 '아래'를 좋아하지 않습니다. 하산하면 하류下流, 하품下品, 하등下等, 하층下層······ 온통 나쁜 것만 떠오릅니다. 하지만 다시 한 번 말하지만 하산이라고 반드시 부정적 이미지만 떠올릴 건 없습니다.

하산을 우아하고 멋있게 해야겠습니다. 하산에도 희망적, 긍정적 의미를 읽어낼 수 있어야 합니다. 태양도 아침에 뜨면 정오의 열정을 태우곤 서서히 서녘 하늘로 기울어갑니다. 이윽고 낙조, 너무도 아름답고 장엄합니다. 지는 해는 내일 아침 신선한 태양을 잉태하고 있습니다.

마야문명의 태양신 숭배 의식은 참으로 장엄했습니다. 마을 장병들이 투기 시합을 벌이고, 이긴 팀 주장이 태양신전을 향해 승리의 개선행진을 합니다. 양쪽으로 늘어선 시민들의 열렬한 환호를 받으며 태양신을 향해 나아갑니다. 그리곤 알몸으로 신전 앞에 서면 사제가 펄펄 끓는 젊은 심장을 끄집어내 태양신에게 바칩니다. 그래야 오늘 하루 지친 태양이 내일 아침 젊은 심장의 고동으로, 새로운 태양으로 떠오르는 것입니다. 장렬한 희생입니다. 이 젊은이가 없었다면 지구는 내일 태양 없는 아침이 오고 영영 암흑 속으로 빠져들게 됩니다. 이 젊은이의 희생으로 전 인류는 오늘도 맑고 신선한 해를 맞이할 수 있게 됩니다. 신전엔 이렇게 희생된 젊은이의 이름이 수없이 새겨져 있습니다. 이들을 일컬어 '새크라피치오'라고 하는데, 희생이란 말도 여기서 유래된 것입니다.

떨어지는 낙조를 바라보면서 내일의 희망을 새겨야 합니다. 하산한다고 한숨을 짓거나 탄식할 일은 아닙니다. 그 속에서 새로운 의미를 발견할 수 있어야 합니다. 해가 뜨고 지듯, 산을 오르내리면서 우리의 역사, 인류 역사는 계속 발전합니다. 새 대통령도 이 점을 깊이 통찰해야 합니다.

모든 문명은 전성기를 지나 하강 국면에 접어들 때 아름다운 문화를 만들었습니다. 전성기에는 전쟁과 약탈, 세력권 확장에만 정성을 쏟았습니다. 하산에 즈음하여 비로소 세상의 아름다움이 보이기 시작합니다.

세계 모든 문명은 멸한다

이진형

2장

우리는 어디로
가고 있을까?

모든 문명은
멸망의 길로

문화인류학자 이희수 교수에 따르면 아무리 화려하고 찬란한 문명이라도 결국 종말을 고합니다. 멀리 이집트, 그리스, 로마, 오스트리아, 오스만 터키……. 이젠 허물어진 유적 몇 점만 남긴 채 지구상에서 사라졌습니다. 그뿐인가요. 해양 문화도 오대양을 누볐던 스페인, 영국도 사양길입니다. 문제는 근대문명입니다. 산업혁명과 함께 시작된 근대문명은 200년 남짓의 짧은 역사지만 이 역시 오래갈 수 없다는 게 학자들의 공통된 의견입니다. 근대문명은 극단의 이기주의와 무한 경쟁을 바탕으로 성립된 문명입니다. 상식적으로 생각해도 이런 문명이 오래갈 수도 없거니와 오래가서도 안 됩니다. 남이야 죽든 말든 나만 잘 살면 된다는 이런 악惡의 논리가 오래 지속될 순 없습니다. 그러자니 국경을 넘어 무한 경쟁을 펼치게 됩니다. 소위 선진국에선 좋은 물건을 빨리, 많이 만들어 후진국에 팔아넘겼습니다. 그나마 여의치 않으면 무력으로 점령, 식민지 정책을 써왔습니다.

제2차 세계대전이 끝난 후 식민지로 얽매어 있던 많은 나라들이 종주국으로부터 분리·독립했습니다. 그런 의미에서 2차 대전은 축복이라고 할 수도 있습니다. 우리나라도 그 덕분에 악랄

했던 일본으로부터 해방, 광복을 되찾았습니다. 전쟁은 언제나 막대한 파괴, 인명 살상이라는 무서운 전화를 몰고 옵니다. 그리고 종전 후의 혼란은 사람들을 정신적 혼란에 빠뜨립니다. 전쟁이 끝나도 돌아갈 집이 없어졌고, 가족들이 뿔뿔이 헤어져 세계인은 한때 '고향상실증'에 빠졌습니다. 심각한 정신 공황 상태를 겪어야 했습니다. 우리나라 역시 예외가 아니었습니다. 해방 후 남북 분단, 극단의 사상 투쟁, 6·25전쟁, 민주독재, 군사독재, 민주화 운동으로 어느 한 때 편안한 날이 없었습니다. 그런 혼란의 와중에 한강의 기적이 탄생되었으니!

미국 자본주의는 어디로?

미국이 영국으로부터 독립을 쟁취한 지는 불과 200여 년 전, 그러나 미국은 자본주의의 꽃이라고 칭송을 받았습니다. 초창기 소위 프론티어 정신은 새로운 땅을 개척하고, 무엇이든 크고 높은 것을 지향했습니다. 워낙 넓은 대지라 목장도 크고 차도 크지요. 도시도 크고 높습니다. 이를 위해서는 치열한 경쟁이 불가피했습니다. 이런 경쟁 대열에 반기를 들고 일어선 게 소위 히피 문화입니다. 기성을 부정하고 진실한 인간성 회복을 위한 순수한 운동이었습니다. 이들 대부분은 부유한 집안, 의사, 변호사 등의 자제들이 기성의 경쟁 체질에 반기를 들고 일어난 것입니다. 1960년대 초반까지만 해도 극성이던 히피 문화는 마약, 환각제 등 퇴폐적인 문화로 전락하게 됩니다. 지하 문화(아방가르드 문화)를 탄생시키기도 했지만 차츰 쇠퇴하게 됩니다. 1960년대 후반 베트남전이 극에 달하면서 반전운동, 인권운동이 동시에 일어났고, 기관총을 든 과격파가 미국 사회를 불안에 떨게 했습니다. 한편 월남전 귀환 병사들의 정신적 공허감이 확산되면서 주말마다 유명 인사들이 주관하는 호텔 숙박형 상담이 대단한 인기였습니다. 모두가 '외롭다'는 배지Badge를 달고 인간적 접촉이 그리워 모여들었습니다. 엔카운터 그룹이라 불린 운동이 중독자가 생기는 등 사회적 파장이 만만치 않자 드디어 의회에서 문제의 심각성을 논의, 경고하게 됩니다. 그러자 마음 맞는 사람끼리 모여 살자는 커뮤니티가 생겨나기 시작했습니다. 그러나 이 역시 사이비 종교 단체 같은 성격을 띠면서 차츰 쇠퇴하게 됩니다. 그 이후 잠잠하던 잠복기를 지나 최근 조용히 번지고 있는 것이 CC Cultural Creative 운동입니다. 이들은 깃발을 흔들거나 무리를 지어 캠페인을 하지도 않고, 그저 스스로 알아서 행하는 조용한 사회운동입니다. 이들의 철학은 한마디로 Slow, Small, Simple로 요약될 수 있습니다. 이들은 근대 자본주의를 부정하는 것도 아니고, 급진적인 진보를 부정하는 것도 아닙니다. 단지 치열한 경쟁을 피하고 자기 분수대로 조용히 살겠다는 겁니다. 지금 미국 사회의 주류를 이루고 있는 이 운동의 참여자는 대게 5천만 명쯤으로 추산하고 있습니다.

한국은 막차 손님

한국은 밤낮없이 뛰어 뒤쫓아온 덕에 겨우 근대문명 열차의 막차 손님이 될 수 있었습니다. 후유, 미처 숨도 돌리기 전에 우리는 또 다음 고지를 향해 달려야 합니다. 우리가 사는 세상은 하루가 다르게, 그야말로 몰라보게 달라졌습니다. 신이 났습니다. 뇌과학적으로는 환희물질 엔도르핀, 쾌락물질 도파민이 넘쳐났습니다. 때로는 거센 파도를 만나기도 했지만, 그래도 우리는 결코 좌절하지 않았습니다. 워낙 빠르게 온 세상이 변해버렸으니 미처 적응할 시간도 없었습니다. 정신없이 앞을 보고 달리기만 했습니다. 이윽고 우리는 세계가 놀란 한강의 기적을 이뤄냈습니다. 대단한 자부심과 긍지가 넘쳐났습니다. 빨리, 오직 목표만을 향해 달리다 보니 여러 가지 무리도 빚고 억지도 있었습니다. 올림픽을 치르고, 월드컵 4강의 꿈을 이뤘습니다. 이젠 세계 어디를 가도 'Korea'라고 외칠 수 있게 되었습니다.

이란에서였습니다. 미국과의 사이가 좋지 않아 한국 기업들이 엄청난 손해를 감수해야 할 상황이었습니다. 우리는 이희수 교수를 필두로 문화 교류차 이란을 방문했습니다. 이란 국립도서관에서 페르시아 왕자와 신라 공주가 결혼한 전설적 문헌을 발굴

하게 된 계기가 되기도 했습니다. 우리로서는 문화적 쾌거였습니다. 이란을 방문했을 때 무엇보다 놀란 건 이란 상점에서였습니다. 최첨단 가전제품 대부분이 한국산이었습니다. 헌데 그 나라 물가에 비해 상당히 고가였습니다.

"여보오. 이게 왜 이리 비쌉니까?"

점원은 나를 아래위로 훑어보더니 "Made in Korea"라고 외쳤습니다. 나는 온몸에 전류가 흐르듯 쇼크를 받았습니다. 한국제니까 비싸다는 그 말이 너무나 충격이었습니다. 1960년대 나의 미국 유학 시절을 생각하노라면 참으로 격세지감이 아닐 수가 없습니다. 한국제니까 비싸단 그 말이 내겐 지금도 잔잔한 감동으로 남아있습니다.

"국산이 왜 이리 비싸?"

혹시 이런 말 하신 적 있으십니까? 그런 말을 하는 걸 들어본 적은 있으신가요? 우리가 보는 한국과 외국인이 보는 한국은 이렇게 다르답니다. 외국인은 우리를 선진국으로 보고 있습니다. 당신 생각이 궁금합니다.

국격을
아시나요?

개인은 물론이고 나라에도 품격이 있습니다. 나는 얼마 전 신문 기사에 난 국산품 가격을 보고 기절할 뻔했습니다. KOTRA가 외국 시장 가격을 비교한 표였습니다. Made In Korea가 100원으로 할 때 미제와 일제 149원, 독일제가 156원이라는 기사였습니다. 난 몹시 속이 상했습니다. 전자제품이라면 한국이 최고인데 어쩌다 이런 계산이 나올 수 있을까. 나는 너무나 화가 났습니다. 150원짜리 물건을 만들어놓고 어쩌다 100원짜리 싸구려 시장에서 장사를 한단 말인가? 하지만 어쩌랴. 공신력 있는 기관에서 조사한 결론인 걸……. 왜 이런 대우를 받아야 할까? 난 그날 밤을 꼬박 새워 책 한 권을 다 썼습니다.《품격》(중앙북스, 2011)이라는 제목입니다. 우리가 외국 물건을 살 때는 물건 자체보다 이걸 만든 나라의 이미지부터 먼저 떠올리게 됩니다.

'아, 그 나라에서 만든 것이라면 믿고 사도 되지. 제값을 하겠지.'

이게 글로벌시대 소비자의 공통된 심리입니다. 일본의 사회정신 의학자 와다 히데키 교수의 말이 문득 떠오릅니다. 그에 따르면 고베 대지진, 쓰나미 원전사고 등 일본의 피해는 돈으로 계산할 수 없습니다. 하지만 그 혼란의 와중에도 일본인의 질서정연한 자세 덕분에 일본의 국격이 올라갔다는 게 사회학자로서 작지만 큰 위안이라고 그는 말했습니다. 왜 일본산이, 독일제가 우리보다 비싸야 하는지 이유가 설명됩니다. 비교 대상인 세 나라 모두 기술 면에서 앞선 나라들입니다. 소비자들이 그들의 기술을 인정하는 측면도 있지만, 무엇보다 그 나라 국민들의 품격이 크게 좌우하는 게 국제 시세가 아닐까 하는 것이 사회정신의학을 공부하는 사람으로서의 해석입니다.

폭발적 성격

우리는 대체로 자제심이 부족한 편입니다. 감정 조절이 잘 안 됩니다. 화가 나면 즉각 폭발합니다. 우리는 무슨 일을 해도 화끈합니다. 아이들에게 정을 주는 데도 절제가 있어야겠지만 우리는 무조건 있는 대로 다 줍니다. 이건 교육이 아닙니다. 손님 대접도 우리는 화끈하게 합니다. 아마 이런 성격이 오늘의 한국을 만드는 데 일조를 하지 않았나 추정합니다. 그러나 일상생활에서는 이런 폭발적 성격이 자칫 위험한 상황을 만들기도 합니다. 걸핏하면 화를 잘 내는 사람은 늘 스트레스 상태에 있기 쉽습니다. 이는 교감신경의 흥분 상태이며, 놀아드레날린의 작용입니다. 이 흥분 상태를 잘 풀지 못하면 소위 스트레스 증후군을 만들어 당뇨, 고혈압 등 온갖 생활습관병의 원흉이 됩니다. 요즘 뉴스에는 분노 조절 장애로 인한 폭발적 성격이 가끔 보도되곤 합니다. 외국 여행을 마치고 인천공항이 가까워지면 갑자기 비행기 안의 공기가 술렁대기 시작합니다. 우리는 아주 공격적으로 되기도 합니다. 격정적입니다. 성공을 하면 신이 납니다. 엔도르핀, 도파민이 펑펑 쏟아집니다. 우리 축구 대표 팀이 한 골을 넣는 장면을 생각해보면 알 수 있습니다. 우리는 참으로 격정적인 민족입니다. 화끈하게 일하고 화끈하게 놀고…… 잘되면 신이 나고……. 이게 도를 넘으면 문제가 생깁니다. 이럴 때 작용하는 조절 호르몬이 세로토닌입니다. 일명 행복 호르몬이라고도 불리는데, 가장 중요한 기능은 우리 감정을 상황에 맞게 조절함으로써 평상심을 유지하게 합니다. 지난 반세기 산업 사회 건설을 위해 격정이 필요했습니다. 그러나 이제부터는 차분한 세로토닌의 시대입니다. 개인도 기업도 그래야 존경을 받고 성공할 수 있습니다. 이것이 힐링의 뇌과학입니다.

사랑의 시대, 옥시토신

세로토닌이 행복물질이라면 옥시토신은 사랑의 물질입니다. 엄마가 아기를 안고 수유할 때만큼 사랑이 넘치는 순간은 없습니다. 이때 분비되는 것이 옥시토신입니다. 얼마 전까지만 해도 이호르몬을 모성애라고 불렀습니다. 그러나 요즘엔 어떤 관계든 사랑하는 사람에겐 옥시토신이 분비된다는 사실이 밝혀졌습니다. 남녀 간의 사랑은 물론이고 반려동물을 사랑스러운 눈으로 바라볼 때, 반려견도 사람도 옥시토신이 분비됩니다. 모든 인간관계를 원활히 해주는 물질이어서 그야말로 사회생활의 윤활유 역할을 하는 물질로서 주목을 받고 있습니다. 재난 현장에서 수재민을 위한 자원봉사를 하고 돌아온 학생은 온통 진흙 범벅입니다. 하지만 그의 얼굴은 해맑은 사랑의 웃음을 띠고 있습니다. 기분이 어떠냐고 물으면 하나같이 "좋았어요", "보람을 느꼈어요", "대만족입니다" 등으로 대답합니다. 사랑은 받기보다 베품입니다. 사랑을 나누면 옥시토신이 분비되어 이타적으로 됩니다. 남을 위해 뭔가를 해준다는 이타적 행위는 인간의 본성에 속합니다. 그렇게 함으로써 마음이 편하고 자부심과 긍지를 느낍니다. 길을 묻는 사람에게 찾기 쉬운 곳까지 안내해주게 되는 것 역시 이타적인 인간성의 예입니다. 도움이 필요한 사람을 외면해버리면 꺼림칙하게 마음이 편치 못합니다. 남을 위해 뭔가를 해주고 베풀고 나눌 때 인간은 그지없이 행복합니다. 자애명상Loving Kindness Meditation은 이런 이타주의의 표본입니다.

"내가 그를 위해 진심으로 기도 드립니다. 합격하게 해주세요. 완쾌하게, 승진하게……."

진심을 담아 빌면 그 마음에 공명을 일으켜 상대에게 진짜 그런 일이 일어난다는 학술적 실증이 적지 않습니다. 옥시토신도 힐링에 중요한 역할을 합니다.

감사,
감동

행복과 사랑은 감사하는 마음에서 우러납니다. 그러고 보면 감사는 힐링의 기본입니다. 서로에게 감사하는 마음이 없다면 행복도 사랑도 없습니다. 인간의 덕목 중 가장 중요한 것이 감사하는 마음입니다. 그럼에도 불구하고 사람들은 감사를 폄하하고 있습니다. 실제로 스트레스 대처에 가장 중요한 요소는 감사입니다. 따지고 보면 모든 종교는 감사가 주제입니다. 교회에 가면 범사에 감사하라 하고, 절에서는 나무아미타불, 부처님께 감사하라고 가르칩니다.

"감사합니다."

진심이 담긴 이 따뜻한 말 한마디로 인간관계가 한결 부드러워집니다. 놀랍게도 미국인의 60%가 자신은 감사하다는 인사를 들어본 적이 없다고 합니다. 입만 열면 'Thank you, Sorry' 연발인데 들어본 적이 없다니? 하루에도 수백 번이 넘게 들어봤겠지요. 하지만 건성으로 하는 말에는 감사의 마음이 담기지 않습니다. 고맙다는 말이 나오기 전에는 '알아준다'는 생각이 먼저 들어야 합니다.

"네가 얼마나 고생이냐. 바쁜데 나를 만나러 와줘서 고마워……."

이럴 수 있을 때 감사의 마음이 전해집니다. 감사는 긍정적 정서여서 감사하는 마음이 드는 한 절대로 부정적 정서가 떠오르지 않습니다. 마음이 편안하고 행복해질 수밖에 없습니다. 그런데 매사에 감사하기란 말처럼 쉽지 않습니다. 내 욕을 하는 저 녀석에게 감사하라고요? 당신이 예수가 아닌 이상 그러기는 쉽지 않습니다. 감사하지 않아도 됩니다. 그러나 그건 그 사람의 일면이고, 다른 면도 볼 수 있어야 합니다. 저 녀석의 좋은 아이디어로 회사에 이익이 크게 났다면 그 점은 감사해야 합니다.

요즘 우리 일상의 문제라면 당연 심리입니다. 있는 게 당연하다면 감사의 마음이 생길 수 없지요. 당연한 것에도 감사할 줄 아는 사람이 되어야 인격자가 됩니다. 심지어는 나쁜 상황이어도 감사할 줄 아는 사람이어야 합니다. 퇴근길에 차가 막힐 때 짜증을 내기보다 "저 아름다운 낙조를 오래 볼 수 있어서 좋다. 우리가 이만큼 잘 살게 된 점 진정 고맙다"라고 감사할 수도 있을 것입니다. 사과 한 알도 그냥 사과가 아닙니다. 수많은 사람들의 손을 거쳐 그들의 땀, 정성이 묻은 사과입니다. 감동의 눈물이 나옵니다. 일상의 잔잔한 감동이 우리에게 사는 재미를 제공해줍니다. 벅찬 감동은 때론 우리의 인생행로를, 아니 운명을 바꾸어놓기도 합니다.

한국의 기적은 계속될 것인가?

한강의 기적은 한국인의 머리가 좋아서 가능했다고 합니다. 좀 더 자세히 들여다볼까요? 기적의 토대를 만든 주역들은 누구인가? 1960~1970년대에 20~30대였던 젊은이들입니다. 이들의 어린 시절을 생각해봅시다. 대개가 시골, 산골 출신입니다. 찢어지게 가난했습니다. 놀이 기구란 아무것도 없고 모든 건 제 손으로 만들어야 했습니다. 방 안에 있어봐야 아무 재미가 없으니 산으로, 들로 뛰쳐나왔습니다. 물론 밖에서도 놀잇감이라고는 별게 없습니다. 맨땅에서 깔깔대며 놀 수밖에 없습니다. 무에서 유를 창조해낸 기적은 여기서 출발합니다. 기능올림픽 연승도 여기서 비롯됩니다. 우리에게 희망은 공부를 열심히 해서 잘살아보자는 열망뿐이었습니다. 우리에게 이것은 절박한 과제였습니다. 요즈음 아이들도 공부에 대한 열정은 그대롭니다. 어떤 면에서는 그때보다 더합니다. 다른 것이 있다면 성적에 대한 집착 부분입니다. 부모도 학생도 선생님도.

머리가 좋은 것과 성적이 좋은 건 같이 가는 것이 아닙니다. 먼 장래를 볼 때 성적보다 머리가 좋아야 합니다. 그래야 어떤 시대, 어떤 상황에도 적응할 수 있는 인재가 될 수 있습니다.

성적이 좋은 아이가 되려면 책상에 붙어 앉아 머리만 쓰게 됩니다. 이때, 뇌과학적으로는 전두엽의 작업 기억과 측두엽 사이의 회로만 활성화할 뿐 다른 모든 뇌 부위는 주의 집중을 위해 잠잠합니다. 신체는 물론 완전 휴식입니다. 성적은 오를지 몰라도 머리가 좋아지지는 않습니다.

머리가 좋아지려면 자연에서 뒹굴며 잘 뛰어놀아야 합니다. 그래야 전뇌, 전신 활성화로 머리가 좋아집니다. 요즈음 아이들이 공부하는 모습을 보면 한강의 기적은 계속될 것인가 하는 걱정이 안 들 수 없습니다.

들판에서 축구 놀이를 하는 아이들을 생각해보세요. 공을 잡는 순간 내가 몰까, 패스할까, 운동장의 적군, 우군의 위치 등이 머릿속에 순간적으로 들어옵니다. 통찰력이 생길 수밖에 없습니다. 남은 경기 시간, 풍향, 속도…… 생각해보아야 할 요인들이 한둘이 아닙니다. 온 머리를 다 써야 합니다. 뇌는 계속 팔, 다리, 전신 근육에 운동, 지각신경을 총동원해서 지령을 내려야 합니다. 이 모든 게 순간적으로 되어야 합니다. 머리가 좋아질 수밖에 없습니다.

요즈음 우리 아이들의 자라는 모습을 보면서, 내가 '한강의 기적은 계속될까?'와 같은 걱정을 하는 사연이 이해되었으면 좋겠습니다.

기상 이변이 아니라니

캐나다의 기상학자가 빙하가 녹아내리는 골짜기에서 지구인을 향해 호소합니다.

"이 아름답고 장엄한 빙하 꼬리가 자꾸 짧아져 산으로 올라가고 있습니다. 근년엔 더 빨라지고 있습니다. 금세기 내에 이 아름답고 장엄한 빙하는 영원히 지구상에서 자취를 감추게 됩니다."

요 몇 년 사이 온 세계가 기상 이변으로 큰 재앙을 겪고 있습니다. 한여름 아프리카에 눈이 내리는 장면을 상상이나 할 수 있겠습니까?

대단한 이변입니다. 그러나 지구인 여러분, 'This is not abnormal, but normal.' 이건 이변이 아닙니다. 성급한 인간들이 과학이라는 이름으로, 개발이라는 명분으로 이렇게 지구를 못살게 굴고 있으니 드디어 남극 북극의 빙하까지 다 녹아내리고 있습니다. 지구 온난화가 이렇게까지 진행되고 있으니 기상이 이렇게 되는 게 정상입니다. 그런데도 기상이 옛날 같다면 그거야말로 이상입니다.

지구 온난화는 인류의 종말을 예고하는 불길한 징조입니다. 자연의 시간을 무시하고 서둘러대는 조급한 사람들의 소행이 끝내는 무서운 재앙을 불러오고 있습니다. 금세기 내에 생물종의 삼분의 이가 멸종될 것이라는 끔찍한 보고도 나와 있습니다. 인간도 성할 리 없습니다. 이 모두가 효율이라는 이름으로 사회 시간을 단축하는 데 심혈을 기울인 인간들에게 우주가 내린 보복입니다. 지구가 인간이란 동물과의 공생을 포기하고 있는 징조입니다.

양계장에 가본 적이 있나요? 계란을 빨리 많이 낳게 하기 위해 24시간 불을 켜놓고 있습니다. 조경이랍시고 밤새 나무에 조명등을 훤히 비춘 곳도 있습니다. 이건 폭력입니다. 인간이란 동물이 자연계에 저지르고 있는 범죄 행위입니다. 한겨울에 장미를 보는 것도 이젠 이상하지도 않게 되었습니다. 들은 비닐하우스로 뒤덮였습니다. 냉방·온방 시설까지 다 갖추어져 있습니다.

선마을은 주차장에서 숙소까지 거리가 한참이나 됩니다. 그리고 맨땅의 보행로는 울퉁불퉁합니다. 그 길을 천천히 걷노라면 새소리, 물소리, 맑은 공기, 아름다운 야생화, 수려한 경관에 넋을 잃고 맙니다. 이 길을 두고 평탄한 아스팔트 길을 차로 훌쩍 올라가는 막무가내도 더러는 있습니다. 우리가 이 길을 세심로洗心路라 이름 붙인 사연을 알기나 할는지 궁금합니다. 우리 마을은 잠든 숲을 깨우지 않으려 세심한 배려를 하고 있습니다. 눈앞의 작은 편이를 위해 자연성을 훼손하다간 끝내 너무도 소중한 것을 잃고 되돌릴 수 없을지 모릅니다.

자연에 해답이

이진형

3장

자연에서 배우는
삶의 지혜

우리는
하나

모든 생물은 대지라는 한 뿌리에서 나온 형제입니다. 생명의 뿌리는 같은 것, 이것이 우주의 근원적 원리입니다.

보셨나요? 이른 봄 얼어붙은 동토를 비집고 새싹이 트는 순간을! 그 가녀린 움이 어떻게 그 무거운 얼음 땅덩이를 받쳐 들고 그 사이를 헤집고 나올 수 있을까요? 더욱 신기한 건 어떤 종이든 싹이 트는 모습은 같다는 사실입니다. 모든 짐승이 엄마 뱃속에서 동그랗게 웅크리고 있는 것도 마찬가지입니다. 태초의 상징, 태극 문양도 여기서 비롯된 것입니다.

우리는 한 가족입니다. 오늘 지구상에는 2천만 종이 겨우 남아 살고 있습니다. 그나마 금세기에 또 삼분의 이가 멸종된다니 끔찍한 일 아닙니까? 해서 살아남은 것끼리는 형제처럼 서로 아끼고 친하게 지내야 합니다. 너무 교과서적인 이야기가 되었나요? 하지만 난 아메리칸 인디언 촌에서 이 교훈을 참으로 감명 깊게 새긴 적이 있습니다. 물론 지구상엔 징그러운 놈도 있고, 범처럼 무서운 맹수도 있고, 파리처럼 귀찮은 놈도 있습니다. 독버섯도 있고 두드러기를 일으키는 식물도 많습니다. 하지만 이들 모두가 생존을 위한 본능적 방어 수단입니다. 그러기에 놈들은 지금까지 생존해온 것입니다. 이것들이 싫다고 '넌 안 되겠어' 하고 사람 마음대로 생각해도 괜찮은 건가요? 해충, 이충이란 말을 쓰기도 조심스럽습니다. 이 모두가 인간 중심에서 비롯된 논리입니다. 이 지구상엔 인간이라는 종만이 살고 있진 않은데……. 위험하고 오만방자한 인간 중심의 생각이 빚은 불행입니다.

아메리칸 인디언은 지구는 하나의 생명체, 서로는 이어진 관계에 있다는 대전제에서 출발합니다. 그리고 이들 생명체는 해와 달, 물, 바람 등 모든 우주적 질서와 밀접한 연관을 갖고 있다는 전제입니다. 여기엔 누가 잘나고 못나고도 없고, 위도 아래도 있을 수 없습니다. 만물은 하나라는 대전제. 이를 인류문화학자는 연속적 우주관이라고 부릅니다. 이들의 자연에의 깊은 사랑과 외경심, 감사는 이런 위대한 철학에서 비롯됩니다.

인디언 마을엔 지금도 의식 끝에 "미다깨오아신(모든 관계에 축복을)!"이라는 감사와 기도의 말로 끝맺습니다.

그들은 계속해서 이런 말을 합니다.

"그대는 알고 있는가? 그대와 나, 우리 모두가 같은 지구상에서 같은 숨을 공유하고 있다는 사실을, 그리고 그것에 의해 우리는 서로가 하나인 것을."

만물은 서로 이어져 있습니다.

어디에나 여름이면 하루살이가 기승을 부립니다. 야외 활동엔 참으로 귀찮은 존재들입니다. 우리 마을에도 깔따구라는 고약한 이름의 날파리가 아주 귀찮게 굽니다. 물지도 않고 실제로 무슨 해를 끼치는 건 아니지만 몇 마리가 앵앵거리며 눈앞을, 귓전을 날아다니는 통에 아주 성가십니다.

이럴 때 선마을 손님에게 해드리는 이야기가 있습니다.

"깔따구가 귀찮으시죠? 소독약을 뿌리면 간단히 해치울 수 있습니다. 그러면 다음은 어떻게 될까요? 그 파장이 다슬기, 산천어까지 멸종시킵니다."

참아야겠지요? 귀찮아하지 말고 "와! 우린 지금 일급 청정 지역에 들어와 있구나. 아! 참 맑고 좋다"라고 생각하면 한결 편합니다. 깔따구는 일급 청정의 상징입니다.

농약을 뿌리니 논에 메뚜기, 우렁이가 사라졌습니다. 우주는 하나, 만물은 서로 이어져 있다는 이 엄숙한 교훈을 우린 잊기 쉽습니다. 당장 눈앞에 해충을 치우려다 그 파장이 연쇄적으로 일어납니다. 한 마리가 죽는 것이 아니라, 그 종이 그리고 다른 종까지 아주 멸종을 하고 맙니다. 다음은 누구 차례일까요? 생각이 여기까지 미치니 끔찍합니다.

사람 사는 세상도 다르지 않습니다. 뉴욕 나비 한 마리가 날갯짓을 하면 도쿄 주가가 떨어진다는 소리도 있지요? 뭐 그런 비슷한 말이 결코 과장이 아님을 피부로 실감하고 있습니다. 기왕 시작했으니 사이언스 잡지에 실린 이야기 하나 요약하고 넘어가겠습니다.

① 지구에 생존하고 있는 모든 생물의 유전자의 기본 원리는 같으며 같은 암호를 쓰고 있다.

② 신체를 구성하는 재료도 공통적인데, 그것은 불과 20종의 아미노산으로 구성된 단백질이다.

③ 필요한 에너지원도 ATP로 같다.

잡지는 다음과 같이 결론짓고 있습니다.

우리가 하찮은 들꽃에, 토끼에 친근감을 갖고 아끼고 사랑하는 것은 우리가 모두 한 가족이기 때문이요, 이런 사실을 본능적으로 알고 있기 때문이다.

이야기가 좀 딱딱하게 되었습니다만, 토끼가 왜 그리 사랑스럽고 귀여운지가 이해되었으면 좋겠습니다.

아메리칸 인디언의 교훈

요즈음 미국에선 '인디언 배우기운동'이 조용히 번지고 있습니다. 과학문명의 꽃으로 불리는 미국에서 이건 참으로 놀라운 일입니다. 하지만 실은 놀랄 일도 아닙니다. 911테러, 오일 쇼크, 금융 쇼크, 잦은 태풍…… 문명의 위기, 한계에 놀란 미국인으로선 당연한 일인지도 모릅니다. 그간 박해와 억압에 시달려온 아메리칸 인디언도 이제야 제 목소리를 내고 있습니다.

"파멸 직전의 인류를 구제하기 위해 자연 존중의 사상, 맑고 바른 조상의 전통을 가르쳐야 한다."

모호크 생활 공동체의 출발이 그 신호탄입니다. 매사추세츠를 가로지르는 모호크 트레일은 미국에서 단풍이 아름답기로 유명한 곳입니다. 그 이름도 옛날 이곳에 살았던 인디언 부족, '모호크'를 그대로 따온 것입니다. 그 아래 뉴욕주 북쪽에 광활한 토지를 구입, 인디언 보호촌에서 벗어나 자유로운 인디언 공동체를 만든 것입니다. 옛날 조상들이 살았던 그대로의 생활을 함으로써 문명에 찌든 미국인과 세계 인류를 가르치겠다는 것이 이들의 위대한 생각입니다.

이른 봄 첫 딸기 수확에 맞추어 모호크 족 감사제가 열립니다.

근처의 인디언 부족은 물론이고 일반인에게도 공개되는 참으로 의미 있는 축제입니다. 내겐 마치 어릴 적 우리 고향 마을을 연상케 해주는 향수의 마당이기도 합니다. 딱하게도 우린 그 아름다운 전통을 근대화라는 이름으로 다 버렸습니다. 아메리칸 인디언은 그 박해에도 불구하고 아름다운 전통을 그대로 지녀왔다는 데 놀라지 않을 수 없습니다. 축제는 마을 장로의 감사 기도로 일관하고 있다는 것이 특징입니다. 분위기를 살리기 위해 그대로 인용해보겠습니다.

> 만물의 갈증을 풀어주는 강과 호수에, 사람의 심신을 맑게 치유해주는 산과 계곡, 야생초에, 매일 아침 즐거운 노래로 태양을 깨워 우리를 따뜻하게 해주는 새들에게, 생물이 호흡하는 생명의 바람을 일게 하는 나무에, 비를 내리게 하는 천둥에…… 그리고 모든 자연에 축복과 감사의 기도를 올립니다.

얼마나 아름답고 순수합니까. 참으로 깊은 의미를 담고 있습니다. 과학문명 중독에 시달리고 있는 현대인에게 따끔한 경고가 아닐 수 없습니다.

내가 미국 유학 중에도, 그리고 요즈음도 아메리칸 인디언 촌을 자주 방문하는 이유는 어릴 적 향수 때문만은 아닙니다. 나도 모르게 젖어버린 과학문명에의 타성을 일깨우고자 함입니다.

편리교便利敎의
광신도

차로 가면 빠르고 편합니다. 하지만 차 때문에 잃는 게 더 많습니다. 교통사고뿐인가요, 대기 오염으로 병사하는 사람이 교통사고로 죽는 사람보다 더 많습니다. 오일쇼크는 잠자던 다른 물가까지 자극, 생활 전체를 흔들어버립니다.

도로 때문에 자연 파괴는 또 얼마나 심각합니까? 길가에 핀 들꽃, 뺨을 스치는 산들바람, 반가운 사람과의 따뜻한 인사…… 차로 휙 지나가버리면 이 모든 정겨움을 다 잃게 됩니다. 그리고 건강까지. 그래도 우린 상관하지 않습니다. '자동차'라는 편리교의 광신도가 되어버렸기 때문입니다.

하지만 고맙게도 차츰 편리교 망상에서 깨어나고 있습니다. 꽉 막히고 갇힌 도심에서 벗어나 불편해도 자연으로 돌아가려는 향수가 해가 갈수록 더 짙어져가고 있습니다. 편리함의 허구에서 벗어나 불편을 감수하는 즐거움을 찾겠다는 겁니다. 의도적인 불편함입니다. 편리함을 쫓다 오히려 우리 삶에서 잃어버린 참으로 중요한 많은 것들을 다시 찾아야겠다는 의지이기도 합니다.

즐거운 불편, 즐거운 피로, 즐거운 위험, 즐거운 부족함…… 이 모두가 편리교의 허구에 대한 반발입니다.

선마을은 기본적으로 체험 위주이지만 필요한 강의를 빼놓을 순 없습니다. 사람들은 모처럼 찾아온 자연을 두고 컴컴한 강의실에 들어오는 것 자체를 싫어합니다. 하긴 그렇습니다. 자연이 모두 교실인데 무슨 학교를, 강의실을 따로 만들어야 했을까요? 애초 나의 실수였습니다.

아메리칸 인디언이 백인들의 행태를 이해할 수 없는 것도 이 점입니다. 하늘 그리고 대지 위의 모든 것이 책이며 스승인데 왜 학교를 따로 지어야 합니까?

벼는 익으면 고개를 숙인다.

이것도 자연이 주는 교훈입니다.

선마을 숲속에 엉성한 강의장을 마련한 것도, 그리고 산에 올라 자연명상, 낙조명상을 하는 사연도 도시인에게 잃어버린 자연을 돌려주고자 함입니다.

우리는 그간 너무 자연과 떨어져 있었습니다. 우리 손으로 그렇게 만든 것이죠. 그게 문명이고 그게 잘 사는 길이라고 생각했습니다. 그래서 언제부터인가 우리에게 자연은 낯선 것으로 되어버렸습니다. 풀이나 꽃 이름, 나무 이름도 잘 모릅니다. 그냥 잡초라고 부르지만 잡초란 이름의 풀은 없습니다. 오늘 밤 달이 얼마나 밝은지를 생각해본 도시인은 없습니다. 달이 떠도 보이지도 않거니와 달인지 조명인지 분간도 되지 않습니다. 달이 주는 포근한 정서를 잃은 지 오래되었습니다. 그리곤 메마른 도심이라고 한탄합니다. 심성이 너무 거칠고 황폐해가고 있습니다.

선마을에서는 음력 초닷새부터 열흘간 달빛만으로 생활합니다. 밝은 전기에 익은 눈엔 처음 얼마 동안은 불편합니다. 그러나 조금만 익숙해지면 아, 그 포근함이라니. 달빛이 만든 내 그림자와 함께 거닐어본 적이 언제였나요? 동화의 세계를 거니는 환상적인 분위기에 놀라게 됩니다. 전깃불 하나 없는 달빛만의 세계. 한국의 어느 골짝을 가도 이런 태고연한 곳은 그리 흔치 않습니다. 달이 아무리 밝아도 달리기는 못합니다. 차분히 걸을 수밖에 없습니다. 마음도 차분해집니다. 달은 우리 마음을 조용히 가라앉혀줍니다. 전등을 끄고 촛불만 켠 아늑한 식당Candle Dinner, 설마하니 어둡다고 불평하진 않겠지요?

아메리칸 인디언의 기도

아메리칸 인디언이 도저히 이해할 수 없는 백인의 행태는 많습니다. 나무를 잘라 교회 건물을 크고 두껍게 짓는 것도 그 중의 하나입니다. 천장까지 저렇게 두껍게 얹어놓고 그 밑에서 하는 기도가 과연 하늘에 닿을까요? 그리고 무엇을 위해 기도하고 노래 부르는지도 인디언에겐 무척 궁금한 것들입니다. 도대체 백인이 왜 기도를 해야 하는지부터 이해가 가지 않습니다. 힘을 비는 걸까요? 그렇다면 나무를 자르지 말고 그 나무 밑에 앉아 빌면 나무가 힘을 줄 텐데. 그리고 더 이상한 건 총을 든 자가 무슨 힘이 더 필요해 기도를 할까요? 그렇게 잘났다고 오만방자한 자가 누굴 위해 무슨 기도를 할까요? 인디언의 상식으로는 교만하거나 거만한 자는 기도를 하지 않습니다. 제멋대로 안 된다고 불평불만인 자도 기도를 하지 않습니다. 뭐든 제멋대로 할 수 있다는 자도 물론 하지 않습니다. 할 필요도 없습니다.

참는 자만이 기도를 합니다. 기도가 참고 견딜 수 있는 힘을 주기 때문입니다. 사랑하는 사람, 감사할 줄 아는 사람도 기도를 드립니다. 그러나 사랑받기만을 원하는 사람, 감사할 줄 모르는 사람은 기도를 하지 않습니다.

자연의 아름다움, 자연이 베푸는 은혜에 감사하고 자연에의 외경심이 깊은 사람은 절로 기도가 나옵니다. 하지만 개발이라는 이름으로 자연을 파괴하는 자로부터 어찌 기도가 나올까요?

아메리칸 인디언에겐 자연의 어느 하나에도 사랑이 가지 않는 게 없고 고마운 마음이 깃들지 않은 게 없습니다. 그들에겐 삶이 기도요, 산과 들, 강 어디든 삶의 터전이 바로 엄숙한 기도장입니다.

신대륙 발견, 이것도 아메리칸 인디언의 웃음을 자아내게 하는 말 가운데 하나입니다.

'수만 년 이 땅에 살아온 우리를 두고?'

어쨌거나 이 기름진 땅을 찾았으니 개척 정신이라는 깃발을 들고, 온 세계에서 온갖 민족들이 다 모여들기 시작했습니다. 언어, 풍습, 종교가 모두 다른데도 딱 한 가지 '개척'이라는 깃발은 하나입니다.

'개척이라니? 그래서 어쩌겠다는 건가. 개척의 종말이 어떻게 될 것인가를 생각이나 해본 적이 있는지?'

개척이라는 이름으로 기세등등했던 백인들이 이러한 인디언의 의문에 어떻게 대답했는지는 잘 알려져 있지 않습니다. 지금껏 누구 하나 설명을 하겠다고 나서는 자도 없는 것 같습니다.

계절스럽게
살아야

태풍만이 강력한 기류를 동반하는 건 아닙니다. 저리도 평화롭게 보이는 하늘에도 온갖 기류가 흐르고 있습니다. 여름 하늘의 하얀 뭉게구름은 보기만 해도 평화롭고 낭만적이죠. 그 구름을 타고 어디론가 멀리 떠나고 싶습니다. 하지만 비행기 조종사가 가장 두려워하는 게 바로 뭉게구름입니다. 뭉게뭉게 꽃봉오리처럼 피어오른다고 그런 멋진 이름도 붙였겠지요. 그러나 우리가 보기엔 조용해도 그 속엔 음양 전류와 함께 힘찬 난기류가 흐르고 있습니다. 금속체가 지나면 벼락 천둥과 함께 난기류의 급습으로 자칫 비행기를 통째로 집어삼킬 수도 있습니다.

그런가 하면 저 창공에 독수리를 보십시오. 유유히 날갯짓도 없이 하늘에 떠 있다는 게 마냥 신기합니다. 어떻게 저것이 가능할까요? 조류학자의 설명에 의하면 독수리는 기류를 탈 줄 아는 천부적 감각이 발달되어 있다고 합니다. 상승 기류, 하강 기류, 맞바람, 뒷바람도 적절히 잘 탄다는 것이지요. 유연한 활공, 그리곤 조용히 날개를 편 채 날갯짓 한 번 없이 그대로 떠 있는 것도 서로 맞부딪히는 기류의 흐름이 있기에 가능한 것입니다.

서로 대항하는 힘의 균형과 조절. 이것이 우주의 질서를 유지하는 또 다른 힘입니다. 남녀, 음양이 따로 있습니다. 동서남북, 춘하추동, 이렇게 서로 상반되는 에너지의 균형과 조화가 완벽할 때 우주의 순환 질서가 순항을 하게 됩니다. 여기에 문제가 생기면 자연환경의 붕괴는 물론 인간 사회라고 예외일 수 없습니다. 근년엔 그런 조짐이 있어 불길합니다. 이상 난동이란 소리도 자주 들립니다. 없는 서민들 입장에선 다행이라는 생각이 들 수도 있겠지만 겨울은 추워야 당장 시장 경기가 돌아갑니다. 난방 기구만입니까. 의류, 신발에서부터 따끈한 찐빵까지 날씨가 따뜻하면 장사가 되지 않습니다. 그뿐 아닙니다. 겨울엔 추워야 온갖 잡균, 병균을 동사시켜 여름철 질병을 예방합니다. 겨울이 춥지 않으면 이듬해 농사도 안됩니다. 추울 땐 추워야 우리 몸에서 추위에 대항하는 방어 호르몬이 분비되며 면역력 증강으로 몸이 튼튼해집니다. 예를 들자면 끝이 없습니다. 겨울이 추워야 새봄의 따뜻함에 더 감사하게 되며 계절에의 아취, 새봄에의 환희도 커집니다. 생각이 이렇게 돌아가면 엄동설한에의 불만도 줄어들겠지요.

겨울은 겨울답고 여름은 또 여름다워야 하는 게 자연의 질서입니다. 햇빛이 있기에 그늘이 시원하고, 그늘이 있기에 햇빛이 따뜻합니다.

인간사도 다르지 않습니다. 괴로움 없이 즐거움을 어찌 알리요, 슬픔 없는 기쁨은 없습니다. 좋은 일에서 좋은 일은 생기지 않습니다.

불행히도 현대인은 겨울도 여름처럼, 여름은 겨울처럼 나고 있습니다. 이것도 발달된 과학문명과 풍요가 몰고 온 재앙의 하나입니다.

기억하십시오. 한국인은 사계절의 뚜렷한 변화에 잘 적응할 수 있게 진화·발전되어 왔습니다. 계절마다 계절의 특성에 따라 계절스럽게 살아야 건강은 물론 삶의 멋을 느낄 수 있습니다.

여름에 땀 한 방울 흘리지 않고 에어컨 바람이 나오는 방에서 지내노라면 땀샘이 할 일이 없어집니다. 우리 몸은 쓰지 않으면 쇠퇴, 사멸합니다. 땀샘도 오랫동안 쓰지 않으면 퇴화되어버립니다. 이런 사람이 군대에 가거나 혹은 더운 지방을 여행하노라면 열사병에 걸려 생명이 위험할 수도 있습니다. 땀샘이 기능을 못하니 열을 식힐 방법이 없기 때문입니다. 냉방병이라는 새로운 이름의 병명이 생겨난 것도 계절을 거꾸로 사는 데서 온 것입니다.

분수대로
아름답게

긴가민가했더니 한두 방울 떨어지던 비가 아주 소낙비로 바뀝니다. 우산을 가져올 걸. 나무 아래에서 비를 피하기엔 소나기가 워낙 거셉니다. 헐레벌떡 뛰어 팔각정까지 다다랐을 무렵엔 정말이지 비 맞은 중이 되었습니다. 산중에서 맞는 비는 차갑습니다. 으스스하더니 덜덜 떨리기 시작합니다. 바짓가랑이도 온통 흙탕, 도대체 꼴이 말이 아닙니다. 하지만 이 비를 더 맞고 내려갈 형편도 아니니 도리 없이 비 그치기를 기다릴 수밖에 없습니다.

생각해보면 영감 주책이 탈이었습니다. 구름이 낮게 깔리고 샛바람이 불면 머지않아 비가 내렸습니다. 이제 그 정도 날씨쯤 알수 있을 법한 나이인데도 산에 간다는 생각만 앞서 그냥 올라온 것입니다. 거기다 무슨 욕심으로 먼 길을 따라갔을까요. 짧은 코스를 따랐더라면 지금쯤 비도 안 맞고 낮잠 한숨 즐기고 있을 텐데. 아니 그보다 아침 자연명상만으로도 오늘 하루 운동은 충분할 터인데 무슨 욕심으로 또 나섰느냐고요? 이게 다 내 분수도 모른 채 욕심 부린 응보입니다.

비가 그치기를 기다리며 물끄러미 반달연못을 내려다봅니다. 아! 연꽃 두 송이, 단아하고 청초한 모습 그대로 피어 있습니다.

이 깊은 산골에, '그래도' 하면서 심은 연꽃입니다.

얼마 전 연잎이 필 때 얼마나 반가웠던지. 그런데 오늘 드디어 연꽃까지! 산중에 핀 연꽃이라 더욱 귀합니다. 그나마 욕심 없이 딱 두 송이, 손바닥만 한 연못에 더 이상 펴봐야 못이 넘칩니다. 이 높은 곳, 진흙탕에 어쩌면 이리도 청초한 꽃이 필 수 있을까요. 연꽃을 바라보노라면 내 마음도 밝아집니다. 그런데 향기는? 은은한 연꽃 향기가 풍길 만도 한데 기미가 없습니다. 아쉽죠. 하지만 다음 순간, 폭우 속에서 높다란 정자에 앉아 겨우 두 송이 꽃봉오리 연 향기를 기대한 것부터가 잘못임을 깨닫습니다. 그것도 내 욕심인가, 연잎이 웃고 있습니다. 빗속이어서일까요? 연잎도 오늘따라 더 푸르고 밝습니다. 신기한 건, 연잎은 제 분수를 알고 있는 것 같습니다. 떨어진 빗방울을 연잎은 조용히 받쳐듭니다. 연잎을 구르는 빗방울이 영롱한 구슬처럼 빛을 발합니다. 파란 연잎 위에 비단같이 영롱한 물방울 보석입니다. 하지만 연잎은 더 모으려고 안달을 하지도 않습니다. 조용히 잎을 펼쳐들고 제 앞으로 떨어지는 만큼 받아들 뿐입니다. 그리곤 얼마간 구슬이 모여 커지면 연잎은 미련 없이 홀홀 쏟아버립니다. 자신이 감당할 만큼 들고 있다가 넘치면 미련 없이 부어버리는 거죠. 흰 눈 탐내다 부러진 나뭇가지를 생각하노라면 연잎의 지혜에 감탄이 절로 납니다. 분수를 알고 욕심을 내지 않습니다. 그리고 연잎은 비를 가리지 않습니다. 이슬비, 가랑비, 소낙비까지 하늘이 내리는 대로 고이 받아 아름다운 구슬로 다듬어 세상으로 흘려보냅니다.

자연은 시샘을 하거나 욕심을 부리지 않고 제 분수대로 살아가기에 더욱 아름답습니다. 숲속의 사슴은 자기도 힘 센 곰처럼 되길 바라지 않습니다. 아프리카 초원, 사자에 쫓기는 얼룩말이 '나도 사자였으면' 하는 생각을 하지는 않습니다. 그저 죽어라고 달아날 뿐입니다. 구사일생으로 살아나면 안도의 숨을 내쉬곤 또 꼬리를 흔들며 풀을 뜯어먹고, 그렇게 살아갑니다.

모두가 타고난 분수대로, 분수를 지켜 살아가고 있습니다. 사람만이 그게 잘 안 되는 것 같습니다.

욕심으로 가득한 세상, 옛 선비의 맑고 청빈한 모습이 새삼 그리워집니다.

농촌에서
스트레스 정글로

내가 하루아침에 제법 유명인사가 된 건 졸저《배짱으로 삽시다》
(풀잎, 1982) 덕분이었습니다. 허리디스크로 인해 걸음도 제대로
못 걷고 느릿하다 보니 그제야 세상이 보이기 시작했습니다. 미
국 유학길에서 돌아온 1970년대에는 산업 사회 건설로 도시화
물결과 함께 사람들이 농촌에서 도시로 갑자기 밀려나오면서 하
루아침에 도농인구가 역전되었습니다. 한국의 도시는 우선 외
견상 높은 빌딩 숲에 여느 국제도시 못지않은데, 문제는 시민들
의 의식은 농촌의 한가한 생활 그대로였다는 것입니다. 교통 신
호 하나 지킬 줄 모르고 제멋대로 하는 통에 교통이 엉켜 마비되
곤 했습니다. 이런 일이 일상다반사로 일어났습니다. 도대체 도
시인으로서의 기본 감각이 없습니다. 미국 같은 합리적인 사회
생활에 어느 정도 익숙해진 나로선 제2의 문화 충격이었습니다.
이런 현실이 너무 안타까워서 허리도 아프고 움직이지도 못하니
책이라도 써보자고 시작한 게 정말 대박이 터진 겁니다. 나도 깜
짝 놀랐습니다. 그만큼 많은 사람들이 공감을 한 거겠지요. 농촌
의 한가한 시골길, 교통 신호도 없어 느릿느릿 여유만만이었던
사람들이 갑자기 모든 게 바쁘게 돌아가는 도시생활에 적응하

기란 쉽지 않겠지요. 시골 마을에선 모두가 서로 아는 사람이고, 가난했지만 참으로 평화롭고 행복했습니다. 서로를 위해주고, 인정 문화 속에 모두는 한 가족처럼 친하게 지냈습니다. 도심의 메마른 인정, 이웃 간에 인사도 없이, 도대체 숨이 답답해 못 살겠다는 사람도 있습니다. 그 평화롭던 세상에서 마치 스트레스 정글로 뛰어든 셈입니다. 버티다 결국 농촌으로 돌아가는 소위 U-Turn 인생도 생겨났지요. 최근엔 정책적으로도 귀농·귀촌을 장려하게 되었습니다. 옛날의 인정 많고 평화롭던 자연의 나라 농촌으로 돌아가는 겁니다.

가을 그리고,
가을의 소리

산은 뭐니 뭐니 해도 가을 산을 따를 수 없습니다. 가을 산은 맑습니다. 하늘도 물도 공기도 가을 산은 청명 그대로입니다. 그리고 가을 산은 연중 가장 화려합니다. 온 산이 붉게 타오르니까요. 노랑, 갈색 등으로 잎들은 저마다 가장 화려한 옷으로 갈아입고 이제 곧 끝날 막장을 준비합니다.

> 버려야 할 것이 무엇인지를 아는 순간부터
>
> 나무는 가장 아름답게 불탄다
>
> 제 몸의 전부였던 것
>
> 아낌없이 버리기로 결심하면서
>
> 나무는 생의 절정에 선다

단풍으로 물든 산을 보노라면 도종환의 시 한 구절이 떠오릅니다. 나무는 단풍이 들면서 생의 가장 화려한 절정을 일굽니다. 이제 곧 훌훌 떨치곤 발가벗고 설 겨울 나목들을 그리노라면 이 순간의 단풍이 눈에 아리게 아름답고 화려합니다. 차라리 장렬합니다. 단풍 없는 산이 어찌 산이랴. 쳐다만 봐도 황홀 일색입니다. 간간히 소나무가 함께 있어 단풍은 한결 그 운치를 더합니다. 도시는 차 소리로 아침이 열립니다. 옆집 TV, 가게 스피커……

도시는 사람이 만든 온갖 잡음과 소음으로 정신까지 현란합니다. 꼴 보기 싫은 거야 잠시 눈을 돌리면 되지만 소음은 어떻게 할 방법이 없습니다. 속수무책으로 당하는 수밖에 없지요. 겨우 든 잠이 경적 소리에 또 깹니다. 아주 사람을 미치게 만듭니다. 제 아이 우는 소리에 참다못한 아버지가 아이를 아파트 창으로 내던진 사건이 실제로 일본에서 있었습니다.

소음만큼 악질적 스트레스가 없습니다. 도심을 걷노라면 우린 거의 경적쯤 무시하고 지냅니다. 귀가 무뎌집니다. 그래야 미치지 않고 살아갈 수 있습니다. 하지만 우리 중추신경은 그때마다 예민하게 반응합니다. 지척이 안 보이는 숲속에서 원시인은 청각이 예민해질 수밖에 없습니다. 바스락 소리에 사자인지 사슴인지 구별할 수 있어야 합니다. 이건 생존에 관한 문제입니다. 도심에서의 이유 없는 짜증, 만성 피로는 여기서 비롯됩니다.

사방이 산으로 둘러싸인 이 깊은 산골에 마을을 정한 것도 그래서입니다. 여기는 밖에 전쟁이 나도 모릅니다. 안테나가 없으니 '고맙게도' 휴대 전화가 안 터집니다. TV, 비디오, 라디오, 신문, 일체의 문명이 만드는 정신적 소음까지 차단했습니다. 들어서는 순간, 아늑하고 조용해서 심신이 편안해집니다.

특히 가을의 선마을은 맑고 고요합니다. 비로소 바깥 소음에 무여진 귀가 열립니다. 다시 밝아집니다. 속까지 확 뚫린 느낌입니다. 그리곤 닫힌 오감이 활짝 열립니다. 이제야 내가 진짜 내 자신으로 돌아온 것 같습니다. 보일 게 보이고 들릴 게 들립니다. 이 순간의 생생한 체험은 신비스럽기까지 합니다. 깊은 산이 아니고서야 이런 신비스러운 체험을 어디서 할 수 있겠습니까. 바람도 잠잠한 가을의 선마을은 완전한 적막, 정적의 소리만 그윽할 뿐입니다. 조용히 눈을 감고 천천히 부드럽게 호흡을 하노라면 그제야 아득히 다람쥐 나무 타는 소리가 들립니다. 낙엽 지는 소리, 깊은 계곡의 물소리, 새소리, 풀벌레 울음소리, 그리곤 잔잔한 가을바람에 흔들리는 숲의 합창까지……. 완벽한 심포니죠. 세상에 이보다 아름다운 교향곡이 또 있을까요? 사람 넋을 잃게 합니다. 이게 자연이 베푸는, 숲이 만들어내는 축복입니다. 가을의 심포니에 완전히 빠져듭니다. 내가 여기 이렇게 있는 것조차 의식되지 않는 이 순간, 화려한 가을과 내가 하나가 됩니다. 이보다 더한 축복이 또 있을까요? 감사의 기도가 절로 흘러나옵니다.

자연은
자연 그대로

풍수지리를 모르는 사람도 선마을을 둘러보면 부러움에 찬탄을 쏟아놓습니다. 어떻게 이런 곳을 찾았느냐고 감탄을 합니다. 한데 다음은 난처한 질문입니다. 부지가 얼마나 되느냐, 언제 샀느냐, 얼마에 샀느냐, 지금은 얼마나 올랐느냐……. 내겐 별 관심도 없는 질문들이라 적당히 얼버무리고 넘어갑니다만, 그때마다 떠오르는 생각이 있습니다.

1850년대니까 그리 먼 이야기도 아닙니다. 당시 미국 피어스 대통령이 인디언 추장 시애틀에게 시애틀 근교 땅을 팔라고 간청을 합니다. 말이 간청이지 총칼을 든 자의 협박입니다. 다음은 추장이 대통령에게 보낸 편지 내용입니다.

> 땅을 팔고 사다니요? 땅에 주인이 있어야 사고팔지요. 대지는 어느 누구에게도 소속될 수 없습니다. 우리 인류가 공통으로 오랜 세월 가꾸고 땀 흘려 일군 삶의 터전입니다. 우리가 살다 묻힐 곳도 여기입니다. 어떻게 저 하늘을, 이 맑은 공기를 팔 수 있습니까? 해맑은 아침 이슬하며 빛나는 모래사장, 어두침침한 숲의 안개, 노래하는 곤충, 어느 것도 우리는 소유할 수 없습니다. 우리가 소유하지 않은 것을 우리가 어떻게 팔 수 있겠습니까?

당신들의 도시엔 봄에 나뭇잎 스치는 소리, 곤충 날개가 부스럭거리는 소리가 들리나요? 소음뿐이겠지요? 한낮에 비 오는 소리, 호수 수면으로 불어오는 바람의 부드러운 소리를 우리는 좋아합니다. 모든 생물은 자연이 베푸는 향연을 즐길 권리가 있습니다. 개구리도, 참새도. 들소들이 모두 살육되고 야생마가 길들여지고…… 숲속의 신성한 구석들이 인간 냄새로 손상된다면…… 그건 삶의 종말이며 죽음의 시작입니다.

총칼을 들고 사겠다니 내놓을 수밖에 없습니다. 그러나 부탁이 있소. 당신에게 넘겨준 후에도 우리가 이 땅을 사랑하듯 사랑하고, 우리가 보살피듯 보살피고…… 당신의 자녀들을 위해서도 보호하고 사랑하시길.

아! 하지만 오늘의 시애틀은? 시애틀 추장의 이름만 남았지 그가 그토록 간곡히 부탁한 건 자취 없이 사라졌습니다. 개발이라는 이름으로, 문명이라는 이름으로.

짐승들이 없는 곳에서 인간은 무엇이겠습니까? 짐승들에게 일어난 일은 인간에게도 일어납니다. 당신의 잠자리를 계속 오염시키면 당신은 쓰레기 더미 속에 숨이 막힐 것입니다.

역시 시애틀 추장이 남긴 경고의 한 구절입니다.

백인들에게 땅은 약탈의 대상입니다. 게걸스런 탐욕으로 정복하고 다 먹어치우면 남는 건 사막뿐입니다. 대지가 풍요로울 때 인간의 삶도 풍요롭습니다. 시애틀 추장의 편지를 읽노라면 문명 천지에 산다는 게 얼마나 조심스러운지 가슴에 손을 얹게 됩니다.

선마을을 지으면서, 그리고 지금도 내 머릿속엔 어느 한순간도 시애틀 추장의 엄한 경고가 떠나본 적이 없습니다. '원시의 자연, 절제된 개발'이라는 이 엄한 균형이 깨지지 않도록 나뭇가지 하나 자르는 데도 손이 떨립니다. 자연의 섭리에 상생, 공생, 보탬이 안 되는 것이라면 우리는 일체의 인공을 배제하려고 노력하고 있습니다.

우리는 잠든 숲을 깨우지 않습니다. 조용히 잠든 산짐승들의 새벽단잠을, 그리고 달콤한 낮잠도 깨우지 않습니다. 배경 음악도 풍경도 자연의 운치를 한결 더할 수 있는 게 아니면 하지 않습니다. 요즈음 미국에서도 자연을 자연 그대로 지키려는 의지가 대단합니다. 늦었지만 다행입니다. 요세미티 국립공원의 상징인 반원 돔 아래엔 돔이 비친다고 해서 '그림자 호수 Shadow Lake'라 불리는 아름다운 호수가 있습니다. 그러나 위에서 내려오는 토사로 인해 호수가 반 이상이나 메워져 보는 이의 마음을 안타깝게 합니다. 하지만 그 옆에 작은 글귀가 아쉬운 마음을 달래줍니다.

여러분, 보다시피 이 아름다운 호수는 금세기 내에 토사로 인해 자취 없이 묻혀버립니다. 안타깝기는 하지만 '자연은 자연 그대로가 자연이므로'.

하긴 그렇습니다. 불도저를 들이대면 한나절 작업으로 호수는 거뜬히 제 모습을 찾게 됩니다. 하지만 자연의 생성 조화를 그대로 진행되게 두자는 것, 여기에 미국의 위대한 혼이 깃들어 있습니다.

시애틀 추장의 간곡한 기도가 지금 첨단의 문명국, 미국의 양심을 조용히 흔들어 깨우고 있습니다.

노마드적
판타지

현대 도시인이 가장 갈구하는 삶이라면 노마드적 삶일 것입니다.
실제로 국경을 넘어 전 세계를 떠돌아다니는 현대판 노마드 족이
10억이 넘는다고 합니다. 거침없이 떠도는 자유로운 삶, 자연과 하
나 되는 삶. 인류의 태곳적 삶의 양식이었지만 현대 도시인은 너
무 많은 제약에 매인 채 질식할 지경입니다. 자연과 자꾸 멀어지면
서 인간의 원시적 삶에 대한 향수는 더 짙어질 수밖에 없습니다.

현대문명의 첨단을 달리는 성공한 엘리트들이 아프리카 오지나
사막, 몽골 초원으로 달려갑니다. 각오가 단단합니다. 원시적 생
활에의 동경이 강한 만큼이나 그 생활이 얼마나 힘들 것이란 것
쯤 알고 떠납니다. 짐짓 그 힘든 생활을 맛보기 위해 떠납니다.
하지만 흥분과 긴장 속에 막상 현지에 도착하고 보면 당장의 생
활 자체를 견뎌내기 힘듭니다. 추위, 더위도 견뎌낼 수 있습니다.
잠자리 불편한 것쯤 각오가 되어 있습니다. 문제는 당장의 먹을
거리, 이건 생존과 직결되는 문제입니다. 웬만한 비위가 아니고
는 이상한 현지식을 먹어낼 수가 없습니다. 몇 끼를 굶고서야 겨
우 먹게 되지만 문제는 그 뒤 설사, 구토에 피부 발진 등 알러지
증상까지, 이건 지옥입니다. 거기다 피로 누적으로 몸살까지 겹

치면 대개의 용사들은 이쪽에서 포기하고 돌아옵니다. 마음은 단단히 먹었지만 몸이 못 당합니다.

후유~ 문명세계로 돌아온 그 편안함과 안도감이라니! 이걸 두고 거길 왜 갔지? 아무래도 만용이 지나쳤던 것 같습니다. 하지만 그것만으로도 참 소중한 경험입니다. 문명세계가 주는 혜택이 참으로 고맙습니다. 그걸 깨치게 해준 것만으로 큰 교훈입니다.

하긴 나도 사막 횡단, 아프리카, 몽골 초원에서의 노마드적 생활을 흉내 내본 적이 있습니다. 차를 타고 햄버거, 커피를 마시면서 그야말로 흉내를 낸 데 불과했지만 두고두고 가슴 깊이 남는, 다른 어떤 여행보다 귀중한 시간들이었습니다.

당신은 숲속 정적의 소리를 들어본 적이 있나요? 깊은 숲속에 완전 알몸으로 누워본 적은? 장대같이 내리는 빗속을 홀랑 벗고 걸어본 적은 또 언제였던가요? 풋고추에 보리밥, 화전민 도시락을 싸들고 산에 가본 적이 있나요? 눈밭을 뒹굴며 큰대 자로 누워 하늘을 쳐다본 적이 있나요? 노마드적 상상만으로 짜릿하지 않은가요?

우리 선마을은 이런 판타지를 충족시켜주기에 충분합니다. 일류 호텔처럼 화려하거나 거창하진 않습니다. 아담합니다. 그렇다고 불편해서 당장 집으로 돌아가는 정도는 아닙니다. 도심의 인공 환경, 치열한 현장을 잠시 떠나 태곳적 원시생활로 잠시 돌아갈 수 있습니다.

시베리아의 어느 벌판에 착한 농부가 살았습니다. 해가 뜨면 밭에 나와 일하고, 해가 지면 집으로 돌아가는 착한 농부였습니다. 그날도 온종일 일한 농부가 문득 뒤돌아보니 거대한 태양이 막 지평선 너머로 지고 있었습니다. 그날따라 너무나 아름답고 황홀했습니다. 농부는 순간 들고 있던 삽을 놓고 지는 해를 향해 걷기 시작합니다. 거대한 태양 속으로 빨려들 듯, 들을 가로질러 내를 건너 숲속을 지나 끝없이 갑니다. 해가 지고 아름다운 황혼이 하늘 가득히 펼쳐집니다. 농부는 이 장엄한 자연에 취해 계속 그쪽을 향해 가고 있습니다. 이윽고 사방이 어두워집니다. 춥고 배고프고 지친 농부는 끝내 쓰러지고 이리떼의 밥이 되고 맙니다.

러시아의 정신과 의사는 이런 현상을 '시베리아 히스테리'라고 불렀습니다. 끝없이 펼쳐진 시베리아 벌판, 황홀한 낙조 앞에 넋이 나간 몽환의 상태. 히스테리 발작이 일어날 만합니다. 학술적 진단으로 틀리진 않습니다. 하지만 이걸 정신과적으로 진단하기엔 너무나 슬픈, 그러나 아름다운 이야기가 아닐 수 없습니다.

스오미 족의 기도

몽골계 종족은 세계에 넓게 분포되어 있습니다. 북쪽 끝 노르웨이 스오미 족에서 몽골, 한국, 아메리칸 인디언 그리고 저 남쪽 끝 안데스산맥의 인디오까지. 대륙 뒤편에 병풍처럼 넓게 퍼져 있지만 대체로 못사는 종족입니다. 그중에선 우리가 제일 잘삽니다. 요즈음 말로 하면 그렇단 이야기입니다. 미개인까지는 아니지만 가난한 후진국입니다. 이들의 생활은 자연과 가까이 있습니다. 이상하게도 자연과 멀어진 나라일수록 대체로 문명국이고 선진국입니다. 한 나라 안에서도 시골 농촌과 도시인의 생활에는 격차가 큽니다. 그런데도 도시인의 꿈은 은퇴 후의 조용한 전원생활입니다. 생각할수록 아이러니입니다.

자연과 함께 자연에 묻혀 사는 사람일수록 '못산다'는 게 정말이지 아이러니입니다. 어디선가 쓴 기억이 납니다. 헬싱키의 번잡한 대로에서 본 광경이 지금도 내겐 너무 인상 깊게 남아 있습니다. 한 차로를 막은 채 가로수 정비를 하고 있습니다. 인부들이 나무 아래 모여 기도를 하고 있습니다. 우리와 닮은 사람들, 스오미 족입니다. 한데 기도가 깁니다. 식당이 멀지 않아 일행은 내려서 걸었습니다. 그래도 기도가 끝나지 않습니다. 무슨 기도가 저렇게 길지요? 안내원 설명에 의하면 나무의 허락을 받고 있는 중이라고 합니다. 경건한 기도를 올린 후 "우리가 네 가지를 잘라야겠는데 괜찮겠지?" 그래도 나무가 응답을 않는다는 것입니다. 나무가 응답을 하다니? 끄덕일까, 가지를 내저을까? 그렇다고 예스Yes, 노No라 할 것 같진 않고.

내 도시적인 생각엔 허락을 받는다는 것부터가 이상하지만 그런다고 나무가 응답을 할 것 같진 않습니다. 나도 산에 오래 살다 보니 자연의 느낌은 알 것도 같지만 자연은 말로 하진 않습니다. 사람을 향해 질문을 하는 일도 없고, 물어야 대답이 없습니다. 스오미 족은 나무의 응답을 기다리는 게 아니라 스스로의 마음을 경건히 하고, 자연 앞에 겸손하며 미안한 마음과 함께 한없는 감사의 마음이 우러날 때까지 기다리는 것입니다. 자기 마음의 응답을 기다리는 것이죠.

"나무야, 가지가 너무 자라 차가 지나면서 네 몸에 상처를 내고 아프기도 할 테니까 자르는 게 좋을 것 같다."

진심으로 나무를 위해 잘라야 한다는 마음이 우러나길 기다리는 것이리라. 공무 수행이니까, 오늘 우리가 해야 할 작업이니까, 잘라야 한다는 건 자연에 대한 모독입니다.

내가 더욱 놀란 건 차선이 막혀 긴 줄이 늘어섰는데도 누구 하나 불평하는 사람이 없었습니다. 핀란드는 바이킹 족의 후예들이라 늘씬한 거인들이 주류입니다. 우리를 닮은 스오미 족은 늪지대에 사는 달동네 사람들입니다. 대체로 생활이 넉넉지 못하죠. 하지만 그곳 도시인들은 자연 앞에 경건한 스오미 족의 그 정신을 높이 사고 있습니다. 길을 막은 채 몇 시간을 저러고 있어도 누구 하나 클랙슨을 눌러대는 사람이 없습니다. 그들의 페이스를 존중하고 그들의 생활 태도에 맞추어 삽니다. 선진국이 아무나 되는 게 아니란 생각을 하게 됩니다.

요즈음 도시인에게는 힐링 열풍이 광풍처럼 몰아치고 있습니다. 진정한 힐링은 자연에서 온다는 사실을 알고나 있는지 궁금합니다. 자연에의 외경심, 그게 곧 힐링입니다.

미국 국립공원제를 처음으로 만들었던 유명한 환경운동가 존 뮤어의 어록을 인용해보겠습니다.

숲속으로 햇살이 밀려올 때 자연의 평화가 당신에게 밀려올 것이다. 숲의 바람은 당신에게 신선감과 생동감을 주며 그때 당신이 가진 걱정은 마치 가을에 낙엽이 떨어지듯이 사라질 것이다.

산 같은 신부님

로마 가는 길에 아시시에 있는 프란체스코 성당에 들렀습니다. 나는 교인이 아니어서 교회 쪽 이야기에는 어두울 수밖에 없습니다. 오가며 건성으로 들은 게 전부입니다. 하지만 프란체스코 신부님 이야기만큼은 깊은 감동으로 다가왔습니다.

나지막한 언덕에 기대선 작은 성당. 우선 크기에서 나를 '안심'시켰습니다. 내가 촌스러워서겠지. 나는 큰 집에 가면 괜히 위압감을 느낍니다.

유럽 여행의 필수 코스는 성당입니다. 그 도시에서 제일 높고 큰 건물은 성당입니다. 안으로 들어서면 바닥은 넓고 천장은 높아서 어쩐지 여기선 기도가 될 것 같지 않습니다. 너무 분위기가 무겁고 엄숙해서 숨쉬기조차 힘듭니다. 외경심은커녕 솔직히 내겐 위압감을 넘어 공포심까지 일어납니다. 당시 로마 교황의 막강한 권위를 이곳에서도 느낄 수 있습니다.

프란체스코 성당은 규모가 아담하고 겸손해서 누구나 쉽게, 편안한 마음으로 들어갈 수 있습니다. 벽에는 당시 글을 모르는 우매한 백성들을 위해 그림으로 성경구절을 묘사해 놓은 것도 인상적입니다. 가난한 자, 병든 자, 약자에 대한 그의 절실한 사랑이 배어 있습니다. 참으로 인간적이고 따뜻합니다. 바티칸의 절대권력 구조와는 차원이 다릅니다.

나를 감동케 한 건 나무에 앉은 새에게 말을 걸고 있는 신부님의 모습이었습니다. 그의 사랑은 인간에게뿐만 아니라 산천초목에까지 젖어 있습니다. 전언에 의하면 그는 풀 한 포기, 나무 한 가지를 꺾을 때도 경건한 기도와 함께 허락을 받은 후 작업을 했다고 합니다. 뜰을 가꾸는 일에도 자연이 응답을 하지 않아 돌 하나 움직이지 못하고 며칠을 보내기도 했다고 하니 그의 깊은 자연에의 외경심을 엿보게 합니다.

성당은 밝고 아담했습니다. 절로 무릎을 꿇고 조용히 기도를 올리게 됩니다. 편안하고 마음이 따뜻해집니다. 먼 곳에서 여기까지 찾아온 이방인에게도 그의 사랑이 넘치고 있음을 느끼게 합니다. 우리는 하나이구나, 시공을 초월해 서로는 이어져 있음을 확인시켜줍니다. 기도를 드리면서 신부님의 따뜻한 손길을 느낄 수 있었습니다. 새에게 말을 걸듯 나에게도 속삭이고 있습니다. 사랑한다고.

종교적 심성이 그리 깊지도 않은 나를 무엇이 이토록 감동케 만들었을까? 신부답지 않은 젊은 시절의 파란만장한 스토리만은 아닐 것입니다. 약자에 대한 그의 인간적 배려, 자그마하고 아담

한 성당, 그리고 무엇보다 그의 자연에 대한 깊은 사랑 때문일
것입니다. 신부님은 정녕 산 같은 성인입니다.

산과의 교감이

이 나이에도 세속적인 욕심이 내 머리 한구석을 차지하고 있습니다. 창피합니다. 나이가 몇인데…… 부끄러운 생각이 들긴 하지만 좀처럼 가시지 않습니다. 젊은 날의 허황한 욕심은 이젠 많이 사라졌지만 그래도 욕심의 잔재는 아직 숨을 할딱이고 있지요. 그런 내 자신이 역겨울 때가 있습니다.

한데 신기하게도 산에서는 아주 사람이 달라지는 느낌이 들곤합니다. 마음이 맑고 깨끗해집니다. 겸손하고 따뜻해지기까지합니다. 욕심이 발동해도 사사로운 사욕이 아니고 인류를 위해 뭔가를 해야겠다는 아름답고 원대한 꿈이 생기지요. 참으로 맑고 깨끗한 욕심입니다. 그래서일까요. 산에서 지내는 밤, 잠자리를 청할 때면 그 어느 때보다 편안한 마음, 편안한 얼굴이 됩니다. 그럴 때면 내 아름다운 꿈은 천사의 날개를 달고 하늘로 날아갑니다. 날이 갈수록 이런 기분이 더 뚜렷해지곤 합니다.

"온 인류를 병원에 안 가도 되는 사람으로."

처음엔 내 자신도 긴가민가했지만 이젠 내 머릿속에 확실한 신념으로 자리 잡혀 가고 있습니다. 무엇이 나를 이렇게 만들고 있을까? 내 머릿속에 어떤 일이 벌어지고 있을까를 생각해보았습니다.

무엇보다 산에서 살아온 음덕이라는 생각이 듭니다. 내가 사는 산 생활이 수도생활이랄 것까진 없지만 산에 사노라면 정신이, 영혼이 맑아오는 걸 느낄 수 있습니다. 물리적으론 세속적인 것과 떠나 있으니 세속적인 욕심이 발동할 여지가 줄어듭니다. 견물생심, 보면 욕심이 날 텐데. 산은 맑고 높습니다. 맑은 욕심이 산처럼 높아갑니다. 하지만 그 높은 곳에까지 오를 수 있을 것 같진 않습니다.

그래도 후회는 없을 것 같습니다. 내 모든 걸 바쳐 최선을 다했으니.

산행의 기본

산은 언제나 여유 있게 가는 게 원칙입니다. 알피니스트도 천천히 갑니다. 쫓기는 일상에선 산이 보이지 않습니다. 아니 산을 쳐다볼 생각조차 하지 않습니다. 우리에겐 산이 너무 흔하니까 귀한 줄 모르는 것 같습니다.

아침마다 뒷산을 올라 가벼운 체조를 하고 내려오는 행운아도 적지 않습니다. '건강을 위해'라는 분들이 압도적입니다. 한데 출근시간은 다가오고 마치 도보 경주를 하듯 걸음이 바쁩니다. 쫓기듯 산을 돌아내려옵니다. 이러다간 자칫 건강을 해칠 수도 있습니다. 산은 바쁘지 않습니다. 그렇게 바삐 달리듯 다녀오면 산이 주는 그윽한 맛이며 계절의 아취를 느낄 수도 없습니다. 여름인지 가을인지조차 모르고 다녀오는 산이라면 그건 산에 대한 결례입니다.

쫓기는 시간만큼 악질적인 스트레스도 없습니다. 신체 단련에 도움이 될지는 모르겠습니다만 정신세계에는 자칫 상처를 줄 수도 있습니다. 산은 언제나 여유 있게 가는 게 원칙입니다.

난 대도시 근교 주말 등산객이 마음에 들지 않습니다. 날씨가 좋은 날엔 긴 줄이 늘어섭니다. 떠밀려 오르는 형국입니다. 마치 출근길 에스컬레이터를 연상케 합니다. 그룹으로 오는 사람들은 우선 시끄러워 짜증이 납니다. 바쁘게 올라 "야호!" 그리고 또 바쁘게 하산합니다. 목도 마르고 시장기가 도니 산어귀엔 음식점이 줄지어 섰습니다. 술에 안주에 포식을 합니다. 오랜만에 만났으니 식당이 아주 떠나갈 듯합니다. 이러고도 다이어트를 위해 산에 간다는 사람이 적지 않습니다.

산은 조용합니다. 그게 좋아서 산에 가는 것 아닌가요? 산에서의 대화는 소곤소곤이어야 합니다. 다른 사람에게 들려서는 소음입니다. 하긴 우리는 평소에도 시끄럽기로 이름난 한국인이지만 그래도 산에서만은 산처럼 조용해야 합니다. 마치 붐비는 시장 골목같이 왁자지껄할 거면 산엔 왜 갑니까? 난 이것만은 꼭 묻고 싶습니다. 건강? 친목? 재미? 스트레스 해소? 이런 등산이라면 어느 것도 이룰 수 없습니다. 더구나 남의 눈살을 찌푸리게 하는 산행이라면 산에 대한 모독입니다.

산에도 예약제가 있었으면 좋겠다는 생각입니다. 일정한 간격을 두고 차례로 올려 보내는 겁니다. 그래서 산의 진수를 맛볼 수 있게 하자는 겁니다. 산은 차근차근 씹으며 음미하면서 올라야 비로소 산의 깊은 아름다움에 빠질 수 있습니다. 이것은 산행의 기본입니다.

산에 핀
꽃

바위와 거목들이 버티고 선 짙은 숲, 계곡…… 우람한 산에 가녀린 꽃이 핀다는 게 신기하지 않습니까? 어쩐지 궁합이 맞지 않고 어울릴 것 같지 않은데, 여기에도 강약, 음양의 조화, 자연의 질서는 퍼렇게 살아 있습니다.

꽃나무로선 생존 조건이 결정적으로 불리합니다. 기름진 땅도 없고 햇빛도 없습니다. 그래도 꽃은 약한 겉모습과는 달리 줄기찬 생명력을 발휘합니다. 약한 것 같지만 강합니다. 그 열악한 환경 조건에서 비집고 피어나는 것이 꽃입니다. 그 강인함에 감탄할 수밖에 없습니다.

산에 핀 꽃이 경이롭고 더 반가운 것은 그래서이지요. 워낙 열악한 환경이라 꽃이 큼직할 수도, 화려할 수도 없습니다. 보일 듯 말 듯 바위틈에, 수줍은 듯 피어나는 것이 산꽃입니다. 정원의 장미처럼 화려하지도 않고 들꽃처럼 무리를 지어 야단스럽지도 않습니다. 떨어진 먼 곳에 고고히, 소담스럽게 피어납니다. 그리고 꽃의 계절, 봄에만 피지도 않습니다. 보일 듯 말 듯, 그러나 여름을 지나 늦가을까지 줄기차게 피어납니다. 소박한 소월도 산꽃의 이런 기품에 반했겠지요.

산에는 꽃 피네 꽃이 피네

가을 봄 여름 없이 꽃이 피네

산에 산에 피는 꽃은

저만치 혼자서 피어 있네

시인의 감성은 놀랍기만 합니다. 그렇습니다. 산에도 꽃이 핍니다. 여름에도 핍니다. 그리고 저만치 뚝 떨어져 홀로 피어 있습니다. 그래서겠지요. 산에서 만나는 꽃이 더 반갑고 정겹습니다. 우리 산에는 꽃밭이라고 따로 있진 않습니다. 행선길을 만드느라 절로 생긴 정원이 고작입니다. 누구라고 꽃 욕심이 없겠습니까만 행여 산의 품격을 떨어트릴까 자제하려고 무척 애쓰고 있습니다.

얼마 전 도산서원을 들렀다 장미가 우거진 화려한 정원을 보고 적잖이 놀란 적이 있어서입니다. 처마에 오색찬란한 단청까지. 어쩐지 퇴계 선생의 맑고 소박한 그 고매한 선비 정신을 훼손한 건 아닌가 하는 생각이 들었습니다.

예부터 선비나 서당의 정원은 은근하고 소박한 꽃들로 아담한 기풍을 자아내곤 했습니다. 사군자는 어느 하나 화려하지 않습니다.

우리 마을엔 백일홍이 피어 여름 내내 그 은근한 기품을 풍기고 있습니다. 겨울 추위에 적응된 매화나무를 손님이 주셔서 심었더니 아슬아슬하게 몇 그루가 살아남았습니다. 내년 봄이 기다려집니다. 대나무도 심었지만 한겨울을 힘겹게 나긴 했는데 노랗게 시들어가는 듯해서 무척 애를 태우더니 여름이 되자 그 기상 그대로 퍼런 날을 세우고 있습니다. 우리 정원이 너무 부실해서 보이지도 않는다고 한마디 던지는 손님도 있습니다. 좋은 장미를 주겠노라고 호의를 베푸는 이도 있습니다. 꽃이 너무 화려찬란하면 황홀경에 빠져 사람을 들뜨게 만듭니다. 도심에 흥분된 신경을 겨우 가라앉혀 놓았는데…….

자극을 피하고자 한 단순, 소박한 우리 마을 철학이 이해되었으면 좋겠습니다.

꽃에도 혼이 있다는 걸 우린 믿고 있습니다. 꽃 치유란 말도 들어보셨겠지요. 꽃 앞에 앉으면 우리 마음도 함께 예뻐지는 건 꽃의 혼이 풍기는 파동과 공명을 일으키기 때문입니다. 꽃밭에서 다투는 이를 볼 수 없는 건 그래서입니다.

우리 마을에 보일 듯 말 듯 은근한 꽃을 심은 사연이 이해되셨나요?

산은 생명
그 자체

산의 치유력에 대한 학술적 연구가 세계적으로 붐입니다. 잘 알려진 피톤치드, 음이온, 맑은 공기에 대한 의학적 검증도 많이 나와 있습니다. 실제로 면역세포 즉 항암 기능이 큰 NK세포가 증식한다는 보고가 있습니다. 산에 오면 머리가 사뿐해지는 것도 온갖 방향제와 맑은 공기 탓입니다. 산에 오면 누구나 마음이 차분해지는 것도, 여기가 쾌적, 평화 호르몬인 세로토닌의 보고라는 사실도 여러 차례 언급되었습니다.

새소리, 물소리, 산들바람, 풀벌레 울음. 학자들은 이런 자연의 소리를 1/f 리듬으로 표현합니다. 이 리듬은 자연에서 들리는 파동으로서 클래식 음악이나 태교 음악에서도 많이 쓰이고 있습니다. 왜냐하면 이게 자연계의 생명적 파동이기 때문입니다. 이 소리를 들으면 마음이 편안해지며 뇌파엔 알파파, 뇌에는 엔도르핀까지 분비됩니다. 이 리듬의 특징은 일정한 듯하면서 일정하지 않은 묘한 파장입니다. 새들의 지저귐도 얼른 듣기에 규칙적인 것 같지만 자세히 들어보면 높은 음, 낮은 음, 긴 음, 짧은 음 아주 불규칙적입니다. 하지만 전체적으로는 절묘한 조화를 이루어 사람 마음을 그지없이 편안하게 해줍니다.

자연계는 같은 것 같으면서 같은 게 없습니다. 멀리서 보면 푸른색 수풀이 하나로 어우러져 있지만 산속에 들어가보면 나무 하나 같은 게 없습니다. 그뿐인가요. 같은 나무에도 가지며 잎 모양까지 어느 하나 같지 않습니다. 하지만 서로가 다른 것들이 모여 '나무'라는 전체를 이루고 있으며, 우리는 이를 '나무'라 부릅니다. 나무를 잘라보면 나이테가 동심원을 이루어 겹겹이 쌓여 있습니다. 하지만 굵기며 간격이 다 다릅니다. 이런 불규칙성이 사람 마음을 편안하게 해줍니다. 사람이 그린, 일정 규격과는 차원이 다릅니다.

자세히 보노라면 바람 한 점 없는 이 순간에도 나뭇잎은 조용히 흔들리고 있습니다. 이 역시 1/f 흔들림입니다. 자연계는 그야말로 1/f 파동, 진동, 리듬, 흔들림으로 이루어져 있습니다. 자연이 우리에게 편안함을 주는 건 여기에서 비롯됩니다. 산도 멀리서 보면 그냥 산이지만 가까이에서 보면 바위 모양에서 배치에 이르기까지 어느 한구석 같은 곳이 없습니다. 모퉁이 돌면 전혀 다른 산이 되어 우리 앞에 나타납니다. 높은 산, 낮은 산이 있고 생김새가 다 다릅니다. 그리고 계절마다 산은 완전히 새로운 산으로 바뀝니다. 아침이 다르고 저녁이 또 다릅니다. 한국인의 감성적이고 다양한 개성은 산을 닮아서입니다. 맑은 공기가 두뇌 발달에 결정적 역할을 해왔습니다. 등 뒤로 들리는 절의 저녁 종소리는 또 얼마나 그윽한가요. 영적인 공감이 절로 일어납니다.

이뿐이 아닙니다. 약용으로 쓰이는 고산 식물의 생약 연구도 단연 한국이 선두주자입니다. 산나물, 버섯, 맑은 계곡물…… 끝이 없습니다. 산은 생명 그 자체입니다.

숲의 이러한 자연치유력을 연구하는 산림치유학회가 발족된 지 10년도 넘었습니다. 그간 많은 연구 업적이 발표되었고, 앞으로도 산의 자연치유력에 대한 진지한 연구가 기대됩니다.

자연의순리에 따라

이지녕

4장

시간의 흐름을
따라 살기

먹거리만은
자연산으로

요즘 사람들은 천연 자연산을 찾습니다. 인공 화학물을 가급적 피하려고 합니다. 의사들도 물론 이것을 강조합니다. 인공 조미료를 눈곱만큼이라도 넣으면 훨씬 맛이 좋은데, 즐거운 식사시간이 될 텐데, 왜 의사들은 그렇게 말릴까? 물론 거기엔 분명한 과학적 이유가 있습니다. 새로 합성된 인공 화학물이 몸에 들어오면 뇌에 혼란이 일어날 수밖에 없습니다. 이를 어떻게 처리해야 할지에 대한 처방이 없기 때문입니다. 따라서 이런 상황이 자꾸 쌓이면 우리 몸의 정교한 균형이 깨지게 됩니다. 그래서 의사들은 인공 화학물에 대한 거부감에 대단히 민감할 수밖에 없습니다. 불행히도 매일 수십, 수백 종의 인공 화학물이 합성되어 나옵니다. 입는 옷에서부터 공기, 가구까지 우리는 가히 인공 화학물의 범벅 속에서 살고 있습니다. 이것들을 완전히 피해 살아간다는 건 현대 사회에선 불가능한 일입니다. 대책이라면 가급적 줄이도록 노력하는 것뿐입니다. 특히, 먹거리만은 순수한 자연산을 먹도록 해야겠습니다. 요즘은 해양 오염이 심각해 자연산 어류도 완전하지는 않지만 양식장 어류는 더욱 심각합니다. 게다가 농산물까지. 우리 땅은 수천 년 동안 농사를 지어 먹고살

왔기 때문에 땅에 영양분이 아주 부족합니다. 좁은 땅에 생산량을 올리려다 보니 비료, 농약을 쓰지 않을 수 없게 되었습니다. 몸에 안 좋은 줄 뻔히 알면서도 쓸 수밖에 없다는 게 농민의 하소연입니다. 농약을 안 쓰면 아예 싹도 트지 않을뿐더러 농작물이 성장하지도 못하고 온갖 병균들이 들러붙어 농사를 아주 망치게 된다는 것입니다. 소비자 입장에선 비싸더라도 자연산을 선호하게 되지만, 형편이 안 되는 경우 울며 겨자 먹기로 일반 농수산물을 사먹을 수밖에 없습니다. 우리가 요즘 유기농운동을 펼치고 있는 것도 이런 사연들 때문입니다. 네덜란드는 그 작은 나라에서 미국 다음으로 농산물 수출 2위를 이루었습니다. 물론 부가 가치도 높습니다. 우리도 언젠가 그날이 오기를 기대하고 있습니다.

자연체로
산다는 것

자연이 파괴되고 세상살이가 험악해질수록 인간은 자연에 대한 향수가 짙어집니다. 우리는 흙에서 태어나 흙을 밟고 살다 흙으로 돌아갑니다. 이게 인생의 순리요, 누구도 이 대우주의 순환 원리를 거부하거나 거역할 수 없습니다. 이것이 자연체입니다. 불행히도 인간은 요즘 대담한 도전을 하고 있습니다. 계절을 거꾸로 살고 있습니다. 여름은 겨울처럼 겨울은 여름처럼. 해서 냉방병이라는 새로운 병까지 생겨나고 있습니다. 힐링 열풍도 그만큼 도심의 생활이 힘들고 자연을 그리워하는 향수가 짙어진 증거입니다. 환경을 더럽히면 결국 그 재앙은 인간에게 돌아옵니다. 산에 아무렇게나 버린 쓰레기는 결국 우리 집 수돗물이 되어 내려옵니다. 바야흐로 우리는 100세시대를 맞이하고 있습니다. 요즘은 의사들도 장수란 말을 잘 하지 않습니다. 어른이 되어 큰 병이 없으면 90세는 따놓은 당상입니다. 특히 여성은 90세를 훌쩍 뛰어넘습니다. 문제는 건강입니다. 80대 후반으로 나이가 접어들면 둘 중 하나는 암 아니면 치매가 됩니다. 이들 병약한 고령자를 돌봐줄 젊은이는 없고, 정부에서도 뚜렷한 건강 대책을 내놓고 있지 않습니다. 이제 곧 우리 인간이 한 번도 경험해 보지 못한 미증유의 사태가 벌어지게 됩니다. 결론은 자기관리 책임입니다. 한마디로 자연체로 살아야 합니다. 면역력, 저항력이 떨어진 고령자, 특히 암이나 치매 환자에게 인공 화학물은 비소보다 해롭습니다. 우리가 요즘 유기농에 대한 국민적 캠페인을 벌이는 이유입니다. 사람들은 유기농이 좋다는 건 알고 있습니다. 그런데도 잘 안 먹는 이유는 첫째, 불신입니다. 유기농이 맞는지 알 수가 없다는 것. 둘째, 비싸다는 선입견입니다. '이시형과 유기농부들'이 이 문제를 해결하려 합니다. 많은 분들이 호응, 후원해주고 있습니다. 지금 한국 농촌 인구의 연령은 80~90대, 그나마 농사도 끝날 날이 멀지 않습니다. 고맙게도 귀농, 귀촌 인구들이 조금씩 늘어나고 있습니다. 이들에게 적당한 일자리를 줘야 농촌이 젊은 기운으로 활성화됩니다. 유기농사꾼도 늘어날 것입니다. 우리 한국 전통식은 건강식으로 많이 알려진 지중해식, 일본식을 능가합니다. 이걸 유기농으로 조리한다면 세계적인 명품이 될 것입니다.

'세계에서 가장 건강한 유기농식단'이 우리가 유기농운동을 펼치는 단 하나의 이유입니다.

단절의 문화에서
이어짐으로

하룻밤을 묵고 나면 사람들은 습관적으로 조간신문을 찾습니다. 찾아도 없습니다. 그러면 우리가 만들 수밖에 없습니다.

팀을 나누어 오늘 아침 헤드라인 기사가 어떤 것인지를 맞추는 게임을 합니다. 그리곤 진짜 조간신문과 비교해봅니다. 똑같습니다. 뻔한 이야기들이라는 데 모두가 놀랍니다. 하지만 진짜 놀라게 되는 건 다음입니다. 이 게임의 승자는 누구일까요? 가장 못 맞힌 팀이 승자입니다. 잘 맞힌 팀은 마음이 아직 도심에 있다는 증거입니다.

선마을엔 신문은 물론이고 TV, 라디오, 비디오도 없고 휴대 전화도 터지지 않습니다. 정보 공해로부터 해방되자는 취지만은 아닙니다. 몸이 왔으면 마음도 함께 산속에 푹 빠져야지요. 그리하여 자연으로부터 보고 듣고 배우는 것만으로 살아가는 데 별 모자람이 없다는 걸 체험해보자는 겁니다. 그럴 때 비로소 우리는 자연과 하나가 되고 그간 도심에서 떨어진 자연과 다시 이어지게 됩니다. 우주 만물은 따로따로가 아니고 서로가 이어져 있습니다. 이걸 의식할 때 비로소 우주 만물에 사랑과 감사를 드리게 됩니다.

복잡한 도심의 인파 속을 걸어가는 내 모습을 상상해보십시오. 이 많은 사람 중에 '나 홀로 달랑!'이라는 생각이 드는 순간 아찔해집니다. 군중 속의 고독이란 말도 그래서 생겨났겠지요. 현대 과학문명은 단절의 문화를 만들어냈습니다. 나 홀로 차로 출퇴근, 사무실에서도 컴퓨터와 혼자, 귀가 후 가족과도 한자리에 앉아보기가 쉽지 않습니다. 어쩌다 가족이 함께 TV 앞에 앉아도 서로는 따로입니다. TV를 꺼야 비로소 대화가 오가고 한 가족이 됩니다.

라인에 앉아 똑같은 부속을 온종일 만드는 공장의 직공은 이게 어디에 쓰이는지도 모릅니다. 옆 사람과 대화할 겨를도 없습니다. 바쁘게 점심을 먹으면서 이 밥이 어떻게 여기까지 왔는지도 잘 생각해보지 않습니다. 많은 사람들의 따뜻한 손길이 이어져 여기까지 왔거늘. 현대의 분업화, 전문화 시대의 맹점은 여기에 있습니다. 서로가 떨어져 제 할 일만 하면 밥은 먹게 됩니다. 모두가 혼자일 뿐 이어짐이 없습니다.

산속 생활은 자급자족입니다. 농사짓는 사람 따로 운반하는 사람 따로 있지 않습니다. 파는 사람, 사는 사람도 물론 따로 없습니다. 모든 걸, 모든 과정을 제 손으로 해야 합니다. 따라서 농작물의 상태를 자세히 관찰, 연구하지 않으면 안 됩니다.

언제 어떻게 씨를 뿌려야 할 것인지, 물은 얼마나 줄 것인지, 해와 달이 돌아가는 것, 바람, 기온, 새, 벌레의 움직임…… 이 모두가 따로가 아니고 하나로 이어져 엄격한 질서에 따라 움직이고 있다는 사실에 놀라게 됩니다.

인간도 물론 그중의 하나입니다. 서로가 이어져 있다는 것을 체험할 수 있을 때, 비로소 하찮은 것에도 소중함을 느끼게 됩니다. 어느 하나도 소홀히 할 수 없기 때문입니다.

이 세상 모든 게 소중하고 귀한 존재들입니다. 사랑과 함께 감사를 느끼게 되지 않을 수 없습니다. 기억하세요. 우리는 서로 이어져 있습니다.

우주의 울림

천둥이 치면 온 하늘이 불빛으로 갈라지고 우르르 꽝꽝 뇌성이 천지를 진동합니다. 벼락 맞은 땅에는 불길이 치솟습니다. 쩡쩡 온 우주가 폭발하듯 울립니다.

화산 폭발, 천지를 휩쓸어가는 태풍, 밀려오는 거센 파도……. 이 모두가 우주의 울림 현상입니다. 그런가 하면 작은 계곡에 폭포 소리가 온 골짝을 울립니다. 매미 한 마리가 온 뜰을 울립니다.

우주의 울림은 이처럼 천지가 진동하는 엄청난 것만은 아닙니다. 조용한 울림도 많습니다. 조용한 산골의 저녁 하늘에 까마귀 한 마리 까악 하고 울고 갈 때 툭 하고 밤 떨어지는 소리, 바람 소리, 그리고 바람에 흔들리는 잎들의 파동, 낙엽이 뒹구는 소리, 조용히 피어나는 꽃 한 송이까지 어느 것 하나 우주의 울림이 아닌 게 없습니다. 어떤 움직임도 우주의 큰 생명력의 약동 없이는 불가능합니다. 땅의 기운, 하늘의 기운, 전 우주의 기운으로 모든 생명체는 생명 활동을 하고 있습니다.

자연의 소리가 아름다운 것은 그게 바로 우주의 울림이기 때문입니다. 자연의 소리는 아무리 들어도 지겹지 않습니다. 한참 듣고 있노라면 우리도 모르게 그 소리에 빠져듭니다. 이윽고 나와 소리 사이엔 경계가 없어지고 우주의 울림과 나의 파동이 하나가 됩니다. 이걸 공명이라 부릅니다. 이때 그지없이 마음이 편안합니다. 자연과 하나 되는 순간, 우주와 하나가 되는 순간입니다. 산에는 언제 와도 이렇듯 아름답고 평화로운 자연과의 조화가 일어납니다. 잠시만 차분히 있노라면 그 울림을 들을 수 있습니다.

하지만 뭐니 뭐니 해도 밤만은 못합니다. 밤이 깊을수록 모든 자연의 소리가 더 영롱하고 분명해서 피부를 파고들 듯 온몸에 전율이 일어나곤 합니다.

매미 소리가 시끄럽다고 한여름에 창문을 닫고 산다는 극성도 있습니다. 하긴 요즈음 매미가 좀 극성이긴 합니다만 자연이 귀찮다면, 그리고 그 소리와 조화가 안 되고 공명이 안 된다면 그는 이미 심신에 균형을 잃은 상태입니다. 귀뚜라미 소리가 그리워 다시 시골로 이사 간 시인 이야기를 하려는 건 아닙니다. 선마을에도 가끔 이런 사람들이 찾아오기에 하는 소리입니다. 개울물 소리가 시끄럽다고 숙소를 옮겨줘야 했던 적도 있었습니다.

에취! 이건 아메리칸 인디언이 무언가 난처한 일이 있을 때 웃고 넘기자고 할 때 내는 소리입니다.

산은 자연성의 보고

건강한 먹거리를 생산해내는 유기농부들이 많아야 할 텐데 겨우 1%밖에 되지 않는다고 합니다. 흙은 낡고 병이 들어 농약, 비료를 쓰지 않으면 농사를 지을 수 없는 형편이라고 합니다. 유기농으로 바꾸려면 최소 3년은 재배를 하지 않고 휴경을 해야 하는데, 이 역시 빡빡한 살림의 농촌으로선 쉽지 않은 일입니다. 결론은 산입니다. 아직도 산은 크게 오염되지 않은 청정 지역이 남아 있습니다. 병원에서 6개월 시한부 선고를 받은 암 환자들이 임종을 맞으러 산에 갑니다. 허름한 화전민 집을 정리하고, 온 산을 다니면서 나물 먹고 물 마시다 보니 수년간을 멀쩡하게 건강히 잘 지내고 있습니다. 이런 기적이 산에서 일어나는 이유는 간단합니다. 산은 공기가 맑고 식물이 뿜어내는 온갖 물질들이 건강체를 만들고 있습니다. 산을 오르내리는 것만으로 훌륭한 운동이 됩니다. 그리고 산에서 채집한 나물은 순 자연산입니다. 이런 환경, 이런 먹거리로 항암세포가 늘어난다는 의학적인 보고도 나오고 있습니다. 요즘은 정부에서도 산림치유센터를 많이 만들어 자연치유를 돕고자 민간 기관에도 정책적 후원을 하고 있습니다. 산림과학청에서도 숲의 자연치유력에 대한 연구 조사를 활발히 진행하고 있습니다. 산에는 자연산 희귀 나물이 지천에 널려 있습니다. 고산지대일수록 천연 약용 식물이 많습니다. 문제는 그 높은 데까지 올라가 산나물을 채취할 사람이 없다는 것입니다. 들은 낡아서 안 되고, 고산지대는 사람이 올라가지 않아서 안 되는 게 우리 현실입니다. 화전민이 살던 움막이야말로 자연치유의 보고입니다. 요즘 산중에 혼자 사는 〈나는 자연인이다〉라는 TV 프로그램이 아주 인기입니다. 마음만 먹으면 그리 어렵지도 않은 일인데.

자연시간과
인간시간

늦가을 밤나무 아래 한가로이 앉아 있노라면, 툭툭, 여기저기 밤 떨어지는 소리가 꼭 반가운 손님의 발자국 소리와 같습니다. 내 어깨에도 툭!

"노형! 무슨 생각을 하고 있소?"

나를 토닥거리며 정겹게 묻습니다. 내 고뇌를 자기가 대신 풀어 주기라도 할 듯, 위로를 하는 건가 싶습니다.

"그래 고맙다. 때가 되니 떨어져 우린 좋은 벗이 되는구나!"

그렇습니다. 밤도 사과도 익어야 떨어집니다. 때가 와야 모든 게 이루어진다는 이 평범한 교훈을 우리는 무시하고 삽니다. 빨리 커라! 빨리 익어라! 익을 때까지 기다리지 못하고 안달입니다. 비료도 주고 약도 뿌리고 봉지로 감싸고 유전자 변형까지, 온갖 요술을 부리며 빨리 익기를 재촉합니다. 인간의 성화를 못 견뎌 자연이 몸살을 앓고 있습니다.

우린 지금 대자연의 순환 원리에 대항하여 가당찮은 도전을 하고 있습니다. 겁도 없이. 자연계는 엄격한 시간의 질서에 따라 돌아가고 있습니다. 자연 시간에는 태어나고, 성장하고, 자식을 낳고, 늙고, 죽는 생명체마다 시간의 질서가 정해져 있습니다. 지구 탄생 후 수십억 년, 진화의 과정을 거쳐 서서히 흘러온 시간의 궤적이 담겨 있습니다. 자연계는 자연의 시간이 있습니다. 이게 엄한 자연의 질서입니다. 물에는 물의 시간이, 강에는 강의 시간이 물론 정해져 있습니다.

하지만 인간이란 동물은 자기들끼리의 시간을 따로 만들었습니다. 문제는 자연 시간과 인간 사회의 시간이 잘 맞아 돌아가지 않는다는 사실입니다. 인간은 자연 시간을 가만두지를 않습니다. '경제'라는 마물이 등장하고 사회 시간이 빨라지면서 자연 시간과의 간극이 자꾸 커지고 있습니다. 드디어 인간은 자연 시간마저 단축하려는 엄청난 시도를 감행하고 있습니다. 생태계 난조는 불 보듯 뻔합니다. 그리고 끝내는 인간의 리듬마저 무너지고 있습니다. 해외여행에 시차로 시달려본 사람이면 실감할 수 있습니다.

선마을 앞뜰에 지은 농사가 제법입니다. 상추, 고추, 참깨, 감자, 고구마……. 철 따라 온갖 야채를 심었습니다. 하지만 그리 풍성하진 않습니다. 비료나 농약을 쓰지 않기 때문입니다.

정성스럽게 가꾸고 때가 되기를 차분히 기다려왔습니다. 농사일이란 자연 시간에 따라 '기다리는 것'이 전부라는 생각이 들 때가 있습니다. 기다리지 못하는 도시인이 빈약한 우리 텃밭을 보고 무슨 생각을 하게 될는지 궁금합니다.

산이 주는 교훈은 기다림인 것 같습니다. '빨리 새싹이!' 하고 발을 동동 굴러야 산은 끄덕도 하지 않습니다. 그저 봄이 오기를 기다려야 합니다.

농農은
천하지대본天下之大本이라

선마을 앞뜰에 채소밭이 제법입니다. 봄에 씨앗을 뿌릴 적만 해도 이게 될까 하는 생각도 했습니다. 하지만 땅은 정직했습니다. 싹이 트고 파랗게 채소밭이 물들어가더니 여름이 익으면서 아침저녁이 다르게 쑥쑥 자라기 시작합니다.

옛날 할머니가 채소는 사람 발자국 소리를 듣고 자란다는 말을 자주 했습니다. 우린 정말이지 자주 들여다보고 정성들여 가꾸었습니다.

농사만큼 정직한 것은 없는 것 같습니다. 뿌린 만큼 거두기 시작했습니다. 상추, 쑥갓, 깻잎, 쌈채소를 한 바구니 담아 나오노라면 행복이란 게 별건가 하는 생각이 듭니다.

감자 수확을 제일 먼저 했습니다. 거짓말같이 감자가 흙 속에서 모습을 드러내자 모두들 함성을 질렀습니다. 땅에 털썩 주저앉아 한나절 시간 가는 줄 모른 채 우린 정녕 행복했습니다. 뇌과학적으로는 이를 '변연계 공명'이라는 아름다운 이름으로 부르고 있습니다.

우리 뇌는 크게 3층 구조로 되어 있습니다. 제일 아래 뇌간은 생명의 리듬운동을 담당하고, 중간의 일명 동물뇌라 불리는 변연계는 원초적 감정을 담당하며, 제일 위층 인간뇌는 이성, 인지, 사고, 판단 등 고등 정신 기능을 담당합니다.

인간의 태곳적 경험이나 어릴 적 즐겁고 행복했던 경험은 변연계에 기억으로 남아 있습니다. 평소엔 잠잠하지만 옛날에 했던 비슷한 경험을 하면 변연계가 즉각 공명을 일으켜 그지없이 만족하고 행복합니다. 이런 현상을 뇌과학에선 변연계 공명이라 부릅니다.

변연계 공명 Limbic Resonance

흙에 앉으면 푸근하고 넉넉한 기분에 젖어들 수 있습니다. 태곳적, 원시의 체험을 재현하기 때문에 마을 손님들도 제 손으로 딴 채소를 한 보따리씩 싸들고 함박웃음을 짓곤 합니다. 그런 모습을 그저 바라보는 것만으로 흐뭇합니다.

올해는 특히 풋고추가 일품입니다. 그리 맵지도 않으면서 껍질이 얇고 보드라워서 아주 단맛이 납니다. 곧, 옥수수 수확도 멀지 않습니다. 참외, 수박도 탐스럽게 익어가고 있습니다. 업으로 하는 농사일이 아니어서 쉽진 않습니다. 하지만 농사일이란 단순한 생업이 아닌 줄로 압니다. 내 손으로 지은 농작물이 사람들에겐 생명의 젖줄이 되는 참으로 신성한 일입니다.

밭에서 일하는 농부의 모습을 지켜보십시오. 성직자나 구도자의 경건한 모습입니다. 논밭을 가꾸는 것이 아니라 이 땅의 얼도 함께 가꾼다는 긍지와 자부가 넘칩니다. 인간 생명의 원천을 가꾸는 일보다 더 신성한 일이 또 있을까요. 작은 텃밭을 가꾸면서 채소밭 언저리에서 해본 생각들입니다.

농사일은 신비와 기적의 연속입니다. 지난겨울 눈 속을 견뎌 움이 트는 것부터, 쑥쑥 자라 꽃이 피고 결실을 맺기까지 어느 하나 기적 아닌 게 없습니다. 자연의 혼이 스며들지 않고야 이 모든 일들이 어찌 가능한 일이겠습니까.

암 선고를 받고 병원에서 쫓겨나다시피 한 환자들이 '죽으려고' 산에 갑니다. 모든 걸 체념한 채 산속에 묻혀 나물 먹고 물 마시며 소박한 생활을 합니다. 제 손으로 일군 채소밭에서 난 신선한 야채를 먹고 살다 보니 죽기는커녕 10년, 20년 기적같이 잘 살고 있습니다.

의학적으로 기적이 일어난 것입니다. 하지만 산속에서 자기 손으로 농사를 지어보면 결코 기적이 아니라는 사실을 알게 됩니다. 그리고 자신이 위대한 산과 함께 호흡하고 있다는 걸 실감하게 됩니다. 채소와 함께 우주와 하나로 이어져 있다는 감각이 느껴지곤 합니다.

옛날 우리 고향 마을 축제의 깃발이 이제야 무슨 뜻인지를 이해할 수 있을 것 같습니다.

농農은 천하지대본天下之大本이라.

잡초라는 이름의
풀은 없다

선마을에서는 봄이면 나물 뜯기가 한창입니다. 도시인들이 뜯는 나물은 가짓수가 몇 안 됩니다. 제일 흔한 게 쑥이고 돈, 치, 비름, 냉이가 고작입니다. 한데 우리 아랫마을 아주머니들 바구니엔 이름 모를 갖가지 나물이 가득합니다.

"이것도 먹습니까?"

"그럼요. 살짝 데쳐서 된장에 찍어 먹으면 입맛 돋우는 데 그만이에유."

종류도 다양하지만 어떻게 먹어야 좋은지 조리법까지 훤합니다. 그런가 하면 무슨 병에 좋다는 것까지 줄줄이 꿰고 있습니다. 난 정말이지 그 해박한 지식에 놀랐습니다. 그러고 보니 우리 산야 지천에 널린 풀들 어느 하나도 식용, 약용이 아닌 것이 없습니다. 그야말로 자연의 약국입니다.

한데도 도시인은 길가에 지천으로 널린 풀에는 눈길 한 번 주지 않고, 싱싱하지도 몸에 좋지도 않은 슈퍼의 나물은 비싼 돈 주고 사먹습니다. 내가 정말 놀란 것은 요즈음 고급 레스토랑의 샐러드입니다. 무슨 대단히 귀한 식재료도 아닙니다. 그냥 들에 흔하게 나는 야생초의 혼합입니다. 들에 나가면 잠시 한 바구니 뜯을 수 있는 것들을 그렇게 비싸게 받다니, 비싸야 할 이유가 있다면 그 큰 접시 값이나 몸에도 안 좋은 드레싱 값일 텐데. 도시인들은 왜 자연에 눈을 돌리지 않는 걸까요?

식물을 화분에 옮겨 심어 이름을 붙이고, 리본 하나 걸면 엄청 비싼 돈으로 팔려 나갑니다. 그걸 사들고 행복한 웃음을 짓는 도시인이 마냥 신기합니다.

독초도 먹는 방법을 알면 어떤 증상에 좋은지, 우리 조상의 경험으로 연구해온 수천 년의 역사가 있습니다. 지천에 널린 약용 식물을 외면한 채 가공품 심지어 화학약품에까지 비싼 의료비를 내고 있습니다.

정원을 가꾸어도 잡초는 말끔히 제거합니다. 베어내고 농약까지 뿌려댑니다. 그것을 정원을 가꾸는 기본으로 알고 있습니다. 물론 농사도 다르지 않습니다.

자연과 함께 사는 아메리칸 인디언의 사전엔 잡초란 이름의 풀은 없습니다. 우리가 하찮고 귀찮다고 뽑아내버리는 잡초에게도 아름다운 이름이 있습니다. 그건 우리라고 다르지 않습니다. 야생화 이름이 얼마나 아름답고 귀여운데요. 이름만으로도 정이 가는걸요. 웃기는 이름도 있고, 철학적 뉘앙스가 풍기는 고급스런 이름, 한국적 해학이 담겨 있는 정겨운 이름들입니다. 지금 내 책상 위에는 '범의귀'와 '노루오줌'이 나란히 놓여 있습니다. 한국의 어느 산야든 자연이 베푸는 천연 슈퍼마켓이 열려 있습니다. 신선한 자연산입니다. 모두가 공짜입니다. 산에 사노라니 야생 식물과도 참 가까워지게 됩니다. 이른 봄 양지바른 언덕에 난 나물은 어찌나 향이 짙고 맛이 진한지 도심의 고급 레스토랑이 우습기만 합니다.

옛날 산골에 살았던 우리 조상네의 소박한 밥상이 세계 최고의 건강밥상이란 사실을 아는지요. 최근 식품영양학회 평가에 의하면 우리 밥상이 인간에게 필요한 5대 영양소가 완벽하게 균형 잡힌 식단이라는 사실이 인정되었습니다. 그리고 발효 식품이 많습니다.

한국 밥상을 영양학적으로 분석해본 모형입니다.

한국 전통식 상차림

생채소 셀러드보다 나물 문화는 피토케미컬이 더 많이 녹아 나옵니다. 이보다 더한 건강식, 다이어트식도 없습니다.

먹을거리의 의미

　모든 생명체는 삶의 기쁨으로 넘쳐난다.

파브르의 《곤충기》는 이렇게 시작됩니다.

　베짱이의 바이올린, 청개구리의 피리 소리, 매미의 심벌즈…….

　모두는 자기 삶의 기쁨을 구가한다.

삶의 기쁨은 짐승만 느끼는 것은 물론 아닙니다. 바람 부는 숲속을 거닐어보십시오. 장엄한 합창을 들을 수 있습니다. 늦가을 서성거리는 수숫대, 갈대의 노래는 너무도 유명합니다. 가뭄 끝에 내리는 빗속, 채소밭 언저리에 앉아보십시오. 한 방울 내릴 때마다 시들한 잎들이 삶의 약동으로 춤을 춥니다. 파랗게 신선한 기운으로 빛이 납니다. 비 온 후엔 한 뼘 훌쩍 자란 모습이 대견스럽기만 합니다. 그리곤 가을 햇빛을 받으면 저마다 수확의 결실을 준비합니다. 모든 생명체는 저마다 주어진 자연의 질서에 따라 싹이 트고 자라 결실을 맺습니다. 인간이 어찌 이 엄한 자연의 질서를 깨뜨릴 수가 있겠습니까.

먹을거리는 생명체입니다. 모든 생명체는 즐거움을 추구하는 본성이 있습니다. 그리고 시간의 질서에 따라 살아가고 있습니다. 그들의 시간을 존중해야 하고 그들 삶의 기쁨이 이어지게 해야 합니다.

'잘 먹겠습니다'가 의례적으로 하는 인사여서는 안 되겠습니다. 때가 되길 기다렸다가 기쁜 마음으로, 그리고 진정 감사한 마음으로 먹어야 합니다. 그게 다른 생명체를 먹는 예의입니다.

이 소중한 먹을거리를 함부로 수확해서도 안 됩니다. 흙 속에 싹이 트고 자라 꽃피고 결실할 때까지 비를 맞고, 찬 이슬, 태양, 바람, 땅의 기운과 함께 전 우주가 참여한 귀중한 생명체입니다. 때를 기다려야 합니다.

그리하여 이윽고 식탁이 마련되기까지 참으로 많은 시간들이 조화를 이루어야 합니다. 가을 수확에서 식탁에 오르기까지에도 많은 사람의 손길을 거쳐야 합니다. 아내의 따뜻한 정성, 막내딸의 엉성한 상차림 손길까지, 식탁은 그야말로 '시간의 교향곡'입니다. 이들의 시간을 소중히 여기며 찬찬히 씹으면서 그 맛을 음미해가며 즐겁게 먹는 것이 먹을거리에 대한 예의입니다.

식탁은 즐거운 분위기로 넘쳐나야 합니다. 편안과 휴식, 부교감신경의 향연이요, 행복과 즐거움, 세로토닌의 향연이어야 합니다. 이때 비로소 우리가 먹을거리, 생명체에 대한 예의를 다했다고 할 수 있습니다.

자연의 리듬에 따라

선마을은 모든 것이 느긋하고 느슨합니다. 딱딱한 규정이나 규칙 같은 것은 없습니다. 그렇다고 마냥 늘어진 생활 또한 아닙니다. 자연의 질서에 따라 자연스럽게 살아갑니다. 겨울은 겨울스럽게, 여름은 여름스럽게. 계절을 거스르는 일이 없지요. 그러고 보면 자연의 질서는 엄격합니다. 마을의 새벽은 이릅니다. 계절에 따라 다르긴 하지만 첫닭이 우는 5시 반이면 기상, 유르트 아침 체조 6시, 그러고는 산행을 시작합니다. 일찍 일어났으니 점심 후 누워서 하는 와식명상 시간엔 잠시 눈을 붙일 수 있습니다. 문제는 밤입니다. 누우면 곧바로 잠이 옵니다. 하지만 차마 아까워 잠이 들지 않습니다. 그래도 우린 11시 전에는 자도록 권합니다. 인간에게 대단히 중요한 성장 호르몬은 밤 10시~새벽 2시 사이에 분비됩니다. 잘 자는 아이가 잘 큽니다. 해서 성장 호르몬이라 부릅니다. 이 호르몬은 성장 외에도 중요한 기능이 많습니다. 낮에 한 공부의 단기 기억을 장기 기억으로 전환하는 데 절대적으로 필요합니다. 밤 늦게까지 공부하면 공부한 기분은 나지만 머리에 남는 게 없습니다. 능률도 새벽에 하는 공부의 반도 안 됩니다. 특히 당일치기를 해야 하는 게으른 수재들에게 당부하고 싶습니다.

"일찍 자고 새벽 일찍 공부한다."

우선 시간 압박으로 머리가 빨리 돌아갑니다. 새벽엔 여러 가지 활동 호르몬이 분비되어 효율이 높아집니다. 어젯밤에 한 공부보다 기억에 잘 남습니다. 기억은 시간이 흐를수록 잘 잊어버리기 때문입니다.

성장 호르몬의 중요한 기능 중 하나는 강력한 지방 분해 효소입니다. 지방은 일단 분해되어야 연소가 잘 됩니다. 자는 동안에 다이어트가 진행되는 건 이 호르몬 덕분입니다. 실제로 자기 전후 체중을 재보면 거의 1kg 정도가 줄어 있음을 알 수 있습니다. 근육단련운동 시에도 성장 호르몬이 분비됩니다. 다이어트는 위장보다 근육으로 해야 한다는 뜻이 이해되었을 것입니다. 늦게 자면 술에 푸짐한 안주, 아니면 TV 앞 주전부리를 하게 됩니다. 복부비만의 지름길입니다.

밤샘하고 나온 사람의 얼굴을 보세요. 시커멓게 타들어갑니다. 건조한 피부에 여드름까지, 사람이 하룻밤 사이 팍 늙어버린 것 같습니다. 예민한 여자들은 생리Mens에도 이상이 옵니다. 그 주범이 성장 호르몬입니다.

이 호르몬은 피부나 피하지방 대사와 밀접한 관련이 있어서 이게 부족하면 여러 가지 피부 트러블이 생깁니다. 잘 자는 사람이 미인이란 말도 여기서 비롯됩니다. 콜라겐 대사와도 밀접한 연관이 있어서 늦게 자면 주름이 지고 기미가 끼는 등 노화 현상이 가속화됩니다.

한국 성인의 68%가 자정이 넘어서야 잠자리에 듭니다. 이것만으로도 건강에, 미용에 적신호입니다. 자연의 규칙적인 리듬에 따라야 하는 이유가 분명해졌습니다.

한여름
저녁 무렵

산에 사노라면 대답하기 난처한 질문을 더러 받게 됩니다. '여긴 언제가 좋으냐?'도 그 가운데 하나이지요. 이는 어느 계절이 좋으냐는 뜻인데, 글쎄올시다. 사람에 따라 봄이 좋다, 여름이 좋다는 이도 있긴 하지만 산은 정말이지 언제 와도 좋습니다. 계절마다 정취가 다르기 때문입니다. 이게 사계가 주는 축복입니다. 더구나 잡목림으로 우거진 우리 산은 계절의 변화가 너무 다양해서 거기서 풍겨 나오는 아취가 아주 독특합니다.

하지만 굳이 따진다면 어느 계절이라기보다 어느 시간이 좋으냐는 물음에는 답변할 수 있을 것 같습니다. 가령 한여름의 저녁, 지금 같은 시간입니다. 한여름 뙤약볕은 어디라고 예외가 없습니다. 더구나 여긴 공기가 맑아서 자외선까지 센 탓인지 한나절엔 사람들도 맥을 못 춥니다. 자연히 그늘을 찾게 됩니다.

'여름은 덥다.' 누가 이걸 시비하랴. 더운 대로 참고 견딜 수밖에 없습니다. 힘들긴 하지만 그래야 부신피질의 방어 호르몬이 분비되고, 면역력을 증강시켜줍니다. 우리 선마을에 에어컨은커녕 선풍기도 없는 까닭이 여기 있습니다. 하지만 근년의 살인적 더위 앞에 이 룰은 좀 융통성 있게 운영되고 있습니다.

그렇다 치더라도 여름 한나절은 정말이지 고역입니다. 그래서일까요? 앞산 그늘이 마당에 깔리는 저녁 무렵이 그렇게 편안할 수 없습니다. 후유~! 살았다 싶은 기분마저 드는걸요. 차 한 잔 들고 밤나무 그늘에 앉아 산기슭을 바라보노라면 내 마음의 뜰에 신선한 기운이 감돌아 흐르는 걸 느낄 수 있습니다. 한낮 더위에 시들했던 숲이며 채소, 꽃들이 다시 기가 살아나 싱싱한 자기 색깔을 내기 시작합니다.

여름의 숲은 그 푸르청청한 기운으로 하늘, 아니 흰 구름까지 온통 푸른 물감으로 물들이지만 한나절 뙤약볕 아래선 맥을 못 춥니다. 빛이 바래고 윤기도 잃고 맙니다. 마당의 채소, 꽃들도 예외가 아닙니다. 한낮엔 어쩐지 새들도 숨을 죽이고 있습니다.

하지만 저녁 무렵이면 만물이 조용히 일어나기 시작합니다. 조용히 기지개를 켜고 생동하기 시작합니다. 그제야 숲도 숨을 쉬기 시작합니다. 어디선가 기죽어 숨어 있던 산들바람이 어슬렁 걸음으로 일렁이기 시작합니다.

이런 순간입니다. 여름날 숲속의 진수는 역시 저녁 무렵입니다. 신비스러운 아름다움의 절정입니다. 감동의 깊이가 한층 더해집니다. 앞산 그늘이 조용히 마당에 가라앉으면 공기도 가라앉고 마음도 가라앉습니다. 갑자기 사방이 조용히 가라앉아 깊은 정적의 늪으로 빠져드는 것 같습니다.

아! 이 편안함. 아늑함. 이건 산에 살면서 한낮의 더위를 견뎌낸 자만이 맛볼 수 있는 축복입니다. 하루의 아름다움은 저녁이 되어야 알 수 있다는 프랑스 사람들의 깊은 정서가 이해됩니다.

오늘 저녁은 마당에 멍석을 깔고 모깃불 풀 향기를 맡으며 칼국수를 말아 먹으리라. 어스름한 어둠이 제법 짙어졌는지 이른 소쩍새가 산 깊숙한 곳에서 울기 시작합니다. 적막한 산골의 정적을 더욱 깊은 정적으로 가라앉게 합니다. 좁은 산골 소쩍새 한 마리의 울음이 지금 이 순간 우주의 울림으로 꽉 차옵니다.

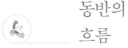

동반의 흐름

이제 결론은 분명해졌습니다. 자연계에 자연 시간을 돌려줘야겠습니다. 그리고 우리 생활도 자연 시간과의 조화를 이루도록 해야겠습니다.

내가 어릴 적만 해도 농촌은 참으로 한가했습니다. 십리 길 학교를 오가며 메뚜기도 잡고 콩 서리도 해 먹고, 소가 풀 뜯는 사이 풀밭에 누워 하염없이 하늘을 쳐다보던 혼자만의 즐거운 공상 시간도 있었습니다.

알고 있습니까? 우리가 인터넷, 휴대 전화가 없는 세상을 살았다는 사실을? 그리고 그게 그리 먼 이야기가 아니란 사실을? 겨우 10년 남짓 합니다.

미국 영화를 보노라면 숨을 쉴 수가 없습니다. 주인공의 쫓기는 하루가 시작됩니다. 출근길 넥타이를 매면서 가방을 옆구리에 끼고 한손에 커피, 조간신문 펼쳐 들고 샌드위치 입에 물고…… 숨 쉴 틈 없이 돌아갑니다.

20세기 산업 사회의 신화는 이렇게 만들어졌습니다. 불행히도 인간은 빠르게 움직이는 상태에선 아무것도 느낄 수 없습니다. 애인과의 격정적인 순간엔 행복도 못 느낍니다. 숨을 죽이고 차분한 기분이 될 때 비로소 행복한 느낌이 아련히 밀려옵니다.

우리는 쫓기느라 너무나 소중한 것들을 많이 잃고, 그리고 잊어버렸습니다. 그러나 안타깝게도 삶의 현장에선 느린 걸음이 설자리가 없습니다. 빠른 사고, 빠른 행동이 자유를 낳고 여유를 만들어줍니다. 참으로 아이러니가 아닐 수 없습니다.

느리게, 빠르게, 이야기가 좀 어렵게 되었나요? 그렇습니다. 여유를 갖고 때론 천천히 가려고 해도 그게 잘 되지 않습니다. 주변이 너무 빠르기 때문입니다. 스티븐 레츠샤펜은 이를 '동반의 흐름Entrainment'으로 정의했습니다. 주변이 빨라지면 나도 모르게, 자동적으로 빨라지는 무의식의 과정입니다.

차를 몰아보면 이런 현상이 너무 분명해집니다. 나 혼자 규정 속도를 지키려고 해도 되지 않습니다. 주위 차들이 속도위반하며 빨리 달리면 나도 차량의 흐름에 따라 빨라지지 않을 수 없습니다. 이땐 혼자 규정을 지키려다 자칫 사고를 낼 수도 있습니다. 경찰도 그런 사정을 감안, 크게 문제 삼지를 않습니다.

우리는 '고속 기차에 함께 탄 승객'입니다. 내 마음대로 속도 조절을 할 수가 없습니다. 지구의 끝까지 날아가는 데도 몇 시간이 걸리지 않습니다. 물론 이런 고속 기술의 발달이 꼭 나쁜 것은 아닙니다. 그렇지만 박진감 넘치는 스포츠, 영화를 미치도록 즐기고 있으면서 또 한편으로는 잠시 여유가 그리운 것도 사실입니다.

동반의 흐름을 피하기 위해선 일단 도심을 떠나야 합니다. 도심 근교의 산도 자칫하면 줄지어 오는 등산객으로 그 흐름에 말려들 수 있습니다만 이 세상 어디엔가 혼자 한가하게 지낼 수 있는 곳, 그런 곳이 내게 있다는 건 정녕 큰 축복입니다.

이탈리아 '느림의 마을' 부락 사람들은 현명했습니다. 그곳에는 빠름의 상징인 차가 없습니다. 마을 전체가 여유 만만입니다. '동반의 흐름'을 차단하기 위해서죠. 한국에도 이런 도시가 생겨나고 있고, '천천히Slow운동'이 슬슬 본격화되기 시작한 것도 참 다행입니다. 지천에 널린 산을 두고 이런 운동이 한국에도 일어나야 한다는 게 아이러니이긴 합니다.

냉장고를 없애면

금요일 밤, 마트에 다녀오셨지요? 앞으로 일주일, 편하게 되었습니다. 편리한 냉장고 덕분입니다. 냉장고가 그득하니 절로 배가 부릅니다.

하지만 여러분, 냉장고 안의 배추와 대화해본 적이 있습니까? 기분이 어떠냐고 물어보십시오.

"목욕까지 하고 시원해서 좋습니다. 잘 다듬고 깨끗이 해주어 감사합니다."

혹시 그렇게 들린다면 당신은 이 배추를 먹을 자격이 없습니다. 배추는 생명체입니다. 뿌리를 잘린 순간부터 생명줄이 끊어진 상태입니다. 이젠 자기 속에 있는 모든 바이오 에너지, 효소, 수분, 영양소를 총동원, 혼신의 힘을 다해 살아남아야 합니다. 그건 생명체의 본성입니다. 하지만 뿌리로부터 영양 보급이 없는 한 버티는 데 한계가 있습니다. 시들시들하다 비축한 모든 것들이 소진되면 끝내 썩고 맙니다. 우리는 이를 식물 유효성Bioavailability이라고 부릅니다. 채소의 신선도라고 생각해도 됩니다.

냉장고에선 대사를 줄이고 에너지 소비를 줄여줌으로써 생명을 연장하는 데 도움이 됩니다. 하지만 배추로선 참으로 힘겨운 나날입니다. 당장 숨이 막힙니다. 자연 속에 너풀너풀 자유롭게 지내던 시절과는 너무나 다른 지옥 같은 환경입니다. 뿌리가 없으니 자기 힘으로 버텨나가야 하는 처절한 생존의 투쟁을 해야 합니다. 이것이 냉장고 속 배추의 운명입니다. 일주일 후 드디어 배추를 꺼내 먹습니다.

맛이 어떻던가요? 싱싱한 맛이 있습니까? 예스Yes라면 당신은 참 미련한 사람입니다. 모양은 같습니다. 하지만 이 배추는 속이 텅빈, 영양분도, 효소도 없는 빈껍데기에 불과합니다.

동물의 왕국 세렝게티, 이웃엔 지금도 맹수가 우글거리는 환경 속에서도 마사이 족이 평화롭고 건강하게 잘 살고 있습니다. 이들에게 심장병, 고혈압이 적은 이유는 먹을거리를 구하기 위해 계속 걸어다녀야 하고, 냉장고가 없으니 바로 구한 신선한 음식을 먹기 때문입니다. 더운 여름, 한 끼 먹을 만큼만 수집해서 먹고 또 저녁거리를 구하러 나가야 합니다.

우리 인류는 이곳 아프리카 사바나에서도 300만 년 동안 이와 똑같은 생활을 해왔었습니다. 하지만 문명세계에 냉장고가 생기면서 게을러지고, 영양가도 없는 먹을거리에 욕심을 내고, 끝내 건강에 이상이 오기 시작했습니다.

냉장고를 없애자면 펄쩍 뛰겠지요. 하지만 대형보다 소형이 좋겠다는 생각은 떨칠 수 없습니다. 그래야 시장에 자주 가게 되고 신선한 먹을거리만입니까, 절로 운동도 됩니다. 우리 마을엔 냉장고가 없습니다.

기다림의 축복

올해로 우리 마을 설립 11주년입니다. 내가 여기에 터를 잡고 구상한 지는 족히 20년은 되었습니다. 20년이면 강산도 변한다지 않던가요.

그간 참으로 많은 변화가 있었습니다. 그중 가장 큰 변화라면 내 자신의 내면세계입니다. 내면세계라니 좀 거창한 이야기가 되었지만 한마디로 내겐 기다릴 줄 아는 습성이 생겼다는 점입니다. 이건 대단한 발전이요, 성숙입니다. 조급한 내게 무엇보다 큰 축복입니다. 이런 느긋한 성품은 내가 특별히 인격 수양을 잘해서 된 건 아닙니다. 산에 살다 보면 절로 그렇게 되지 않을 수 없게 됩니다.

자연은 조급히 군다고 내 뜻대로 급히 움직여주지 않습니다. 씨를 뿌린 이상 싹이 터 올라오기까지는 일정한 시간이 필요합니다. 이게 자연의 순환 원리입니다. 차분히 기다리는 것밖에 달리 처방이 없습니다. 발을 동동 굴려야 소용없는 일. 오직 처방은 인내심을 갖고 기다리는 일뿐입니다.

이런 자연의 원리를 터득하는 데 그리 긴 시간이 걸리지 않았습니다. 아무리 미련하고 아둔한 사람이라도 산에 사는 이상 이 정도는 쉽게 깨칠 수 있습니다. 산에서 살려면 자연과 친해야 합니다. 그래야 비로소 자연이 베푸는 무한한 축복을 누릴 수 있습니다.

나는 매일 새벽 우리 마을 큰 당나무 아래로 차 한 잔에 먹을 걸 챙겨들고 나갑니다. 눈이 오나 비가 오나 새벽 5시 반이면 나무 아래에서 짧은 명상이 시작됩니다.

그러고는 모이를 뿌려놓고 새들이 날아들기를 기다립니다. 녀석들은 워낙 조심성이 많아 좀처럼 가까이 오질 않습니다. 차츰 안심을 하는지 몇 해가 지나자 녀석들이 모이를 먹기 위해 날아들기 시작합니다. 특히 눈 오는 겨울엔 먹잇감이 없어 무더기로 날아듭니다. 일단 가까운 나뭇가지에 앉아 아래 상황을 예의 주시합니다. 그리고 안전하단 판단이 서면 조심스럽게 내려옵니다. 그러나 잠시도 경계의 끈을 늦추지 않습니다. 한 번 쪼아 먹고는 고개를 쳐들어 사방을 돌아봅니다. 그리고 별일 없다, 안전하단 판단이 서면 다시 쪼아 먹곤 똑같은 경계 태세를 되풀이합니다. 대체로 수십 초 안팎밖에 머물지 않습니다. 열 번을 쪼아 먹었을까? 배가 부를 리가 없는데 녀석들은 일단 안전한 나뭇가지로 올라갑니다. 덩치 큰 놈도 이런 경계 태세는 똑같습니다. 다만 작은 놈일수록 그 속도가 빨라서 아주 신경질적입니다.

먹이가 있는 곳에 위험이 있다는 걸 짐승들은 본능적으로 알고 있는 것 같습니다. '목구멍이 포도청'이라는 인간세계와 다르지 않습니다. 나와는 익숙해져 안심이 되는지 차츰 거리를 좁혀 오지만 한 번 찍고 고개를 쳐들고 경계하는 동작엔 변함이 없습니다. 여긴 매도 없고 별다른 천적도 없는 것 같은데, 그들의 본능적인 경계심은 나마저 불안하게 합니다. 나는 행여 그들이 놀랄까 봐 새가 가까이 있는 동안에는 미동도 하지 않습니다. 차츰 나와 익숙해진 탓인지 아니면 아예 바위 같은 정물로 생각한 건지 어떤 녀석은 내 신발 위에까지 올라타기도 합니다.

그러던 어느 날 아침, 한 놈이 내 어깨 위에 올라앉는 게 아니겠습니까? 아, 이럴 수가! 순간 짜릿한 전율을 느꼈습니다. 기다린 보람이 있었구나. 이젠 너와도 친구가 되었구나. 마치 애타게 기다리던 여인이 손을 잡아주듯 잔잔한 감동이었습니다. 사람 사귀기보다 힘든 게 새요, 자연입니다. 기다림, 믿음, 베풂이 안겨주는 축복입니다. 이 점에서 사람이라고 어찌 다를까요.

산중의 눈

며칠 전 밤사이 첫눈이 살짝 다녀가더니 오늘 새벽 눈을 뜨니 눈이 엄청나게 쌓여 있습니다. 산중 눈이라 이른가. 아직 본격적인 추위는 시작도 안 했는데.

우지끈, 딱! 눈 무게를 못 이겨 나뭇가지 부러지는 소리에 잠이 깼습니다. 그 튼튼한 생 나뭇가지가 새털보다 가벼운 눈을 못 이겨 부러지다니. 그것도 튼튼하게 잘 생긴 가지가. 숲속에서는 가끔 믿기지 않는 일이 벌어지곤 합니다.

약한 가지는 휘어지기만 하지 부러지진 않습니다. 눈이 쌓이면 휘청 휘어져 쌓인 눈을 털어내곤 원래 제자리로 돌아옵니다. 언제 그랬느냐는 듯 시치미 딱 떼고 점잔을 부리니 신통합니다. 털고 비우고 나니 가벼운지 경쾌한 율동으로 몸을 풉니다. 약해서 강하다는 걸 보여주고 있습니다.

온 천지가 온통 하얗습니다. 숲엔 아름다운 설화가 눈부시게 피어 있습니다. 참으로 장관입니다. 산에 살기를 잘했다는 생각을 하게 됩니다. 나목에 피는 설화는 전설처럼 순수하고 화려합니다. 아름다운 단풍을 떨어내야 했던 아픔을 위로나 하듯 설화가 조용히 어루만지고 있습니다. 눈 덮인 산은 깊은 침묵 속으로 빠져듭니다. 간간히 가지 부러지는 소리가 적막을 깹니다. 그리곤 다시 온 산은 적막강산이 됩니다. 새들도 다 어디로 날아갔는지 기척이 없습니다. 산짐승들도 눈 속에 뭘 먹고 사는지 꿈쩍을 않고 발자국 흔적도 없는 걸 보면 깊은 눈 속을 헤집고 나올 엄두를 못 내나 봅니다.

창밖엔 하염없이 눈이 내립니다. 불현듯 이대로 뛰쳐나가고 싶은 충동이 일어납니다. 함박눈 그대로 맞으며 마냥 이대로 걷고 싶습니다. 그리고 모두를 불러 모아 눈싸움이나 한판 벌이고 싶습니다.

　　떠난 사람들 모두 돌아와

　　다 함께 눈을 맞자

　　눈 맞으며 사랑하자

고은의 〈눈 오는 아침의 단상〉입니다.

눈 오는 아침엔 모든 이가 푸근하고 정겹습니다. 모르는 이웃도 덥석 눈 속에서 껴안고 싶어집니다. 하얀 눈을 맞으면 오염된 속, 시커먼 속, 욕심으로 얼룩진 속 깊은 곳까지 새하얗게 말끔히 씻겨 내려갑니다. 눈은 저 높은 하늘에서 우주의 맑은 혼을 품고 내려오기 때문입니다.

자연의 조화가 신기롭기만 합니다. 수증기가 올라가 눈으로 된다지만 그래도 어쩌면 이렇게 아름다운 하얀 눈이 될 수 있단 말인가요. 더구나 시궁창에서 피어오른 수증기도 일단 하늘로 올라가면 이리도 깨끗한 눈이 되어 천사처럼 나풀거리며 내려올 수 있게 하다니요. 이건 분명 우주가 부린 신통력입니다. 눈 속엔 이렇게 우주의 맑은 혼이 스며 있습니다.

도시의 눈 오는 아침은 방송이 망쳐놓습니다.

"여러분 대설경보가 내렸습니다. 길이 미끄럽습니다. 교통 대란이 우려됩니다. 일찍 서둘러 대중교통을 이용……."

참으로 방정맞고 재수 없는 소리입니다. 그 정도야 시민 스스로 알아서 할 일 아닌가요? 친절도 넘치면 잔소리가 됩니다.

"여러분 행복한 아침입니다. 흰 눈이 내리고 있습니다."

이렇게 시작할 순 없을까요? 이제 곧 도심의 흰 눈이 이내 시궁창으로 되는 한이 있더라도 눈 오는 아침 출발은 행복해야 하지 않을까요?

여름엔 불볕더위니 찜통더위니 하고 방정을 떨더니, 말만 들어도 순간 짜증이 납니다. 입만 열면 행복 타령을 하는 방송국이 어쩌면 이렇게 무신경할까요. 이런 방정맞고 재수 없는 소리 좀 못 하게 시민운동이라도 벌여야 할까요?

효율과
인간 소외

채플린은 컨베이어 벨트 앞에서 빈틈없이 밀려오는 너트를 끼우
는 직공입니다. 잠시 한눈을 팔다간 나사가 쌓여 공장 전체가 작
동을 멈춥니다. 정신이 없습니다. 사람이 아니라 기계입니다. 더
빨리, 더 많이, 싸게…… 효율이라는 이름으로 '인간'의 존재는
무시되고 맙니다. 불쌍한 채플린은 길에서 여자 코트에 달린 단
추를 보자 그걸 채우려고 쫓아가다 끝내 경찰에 연행됩니다. 효
율에 혈안이 된 공장장은 점심시간을 절약하기 위해 일하면서
먹을 수 있는 자동 식탁을 준비합니다. 자동 스푼이 너무 빨리 돌
아가는 통에 숨도 못 쉬고 씹지도 못한 채 억지로 삼키느라 큰 눈
을 부라리며 땀을 흘리는 그의 난감한 표정에 관중은 포복절도
를 합니다. 하지만 그건 슬픈 현대인의 자화상입니다. 기계문명,
효율문명에 쫓긴 현대인의 비극입니다. 인간 소외가 20세기 화
두로 떠오른 건 그래서입니다.

20세기 산업 사회의 신화는 효율 중시에서 비롯됩니다만 인간
소외라는 무서운 재앙을 초래하게 됩니다. 우리의 자랑 KAL 국
내선, 탑승 직전 표를 넣으면 기계에서 '감사합니다' 하고 인사
를 합니다. 거기엔 멀쩡하게 잘생긴 직원들 네댓 사람이 서성이

고 있습니다. 인사를 기계에 맡겼으면 됐지 직원들은 왜 거기 섰는지, 기왕 서 있다면 손님에게 눈인사라도 건네야 할 게 아닌가요? 항공사는 한 나라의 문화를 대표 선도합니다. 우린 지금 기계문명에 소외된 채 인간적 접촉Human Touch에 목말라 하고 있습니다. 이걸 모르지 않을 텐데 기계가 사람 대신 인사를 하게 하다니! KAL 이종희 대표를 만난 자리에서 난 이 문제를 심각하게 제기했습니다. 바로 3일 후 이 대표가 직접 전화를 주셨습니다. 기계 대신 직원이 인사하기로 했다는 겁니다.

'역시 KAL은 다르구나. 감사합니다.'

드라마 〈대장금〉이 전 세계인의 심금을 울렸습니다. 많은 성공 요인이 있겠지만 뭐니 뭐니 해도 물 한 잔에도 정성을 담는 인간적 접촉Human Touch에 현대인이 공감하기 때문입니다. 패스트푸드가 철퇴를 맞고 있는 것도 거기엔 사람의 정성이 담겨 있지 않기 때문입니다. 사람 냄새가 나지 않습니다. 효율은 원래 기계에서 쓰는 말이지만 이제 인간에게도 쓰이게 되었습니다. 20세기 최대의 재앙은 '인간=기계'라는 의식에서 비롯됩니다. 인간성 회복운동은 작은 데서 출발합니다.

우리 식탁의 '30-30 규칙'을 들어보셨나요? '한 입에 30번 씹고 한 끼에 30분 동안 먹자'는 건강운동입니다. 꼭꼭 씹어 천천히 먹어야 음식 고유의 맛을 음미할 수 있습니다. 그리고 그게 건강의 지름길입니다. 맛있게 남김없이 다 먹어야 합니다. 그게 우리 입으로 들어가는 음식물에 대한 예의입니다. 참고로 한국인의 한 끼 평균 시간은 13분입니다. 뭐가 그리 급한지.

여러분은 먹으면 소화가 절로 되는 줄 알지만 천만의 말씀입니다. 소화만큼 복잡하고 중요한 일은 없습니다. 소화 없이 생명은 없습니다. 소화를 시켜 영양분을 흡수하고 대기의 공기를 빨아들여야 생명이 탄생되고 유지됩니다.

신 포도를 먹을 생각만으로 벌써 입에는 침이 돕니다. 신 포도를 소화시킬 효소를 분비하기 때문입니다. 따라서 잘 씹어야 침과 음식물이 섞이고 반죽이 잘되어 소화가 잘됩니다. 침은 강력한 소화제요, 면역력, 항암력, 살균력까지 갖추고 있어서 인간이 만든 어떤 것보다 강력한 효력을 갖고 있습니다. 그리고 잘 씹어야 뇌 속에 세로토닌이 분비되어 식욕조절은 물론이고 행복하고 만족합니다. 대뇌운동으로 전달되는 운동 감각의 50%는 씹는 턱관절운동에서 오고 나머지 팔, 다리에서 각 25%씩입니다. 잘 씹어야 뇌가 활성화되리란 건 이해가 되지요? 천천히 여유 있게 하는 즐거운 식사가 이렇게 중요합니다.

산은 자연치유자

이시영

〈 5장 〉

잠시 멈춤 그리고
천천히 걷기

자연치유력
들여다보기

우리에겐 태어날 때부터 타고나는 위대한 방어력이 있습니다. 질병으로부터 우리를 방어해주는 힘인 자연치유력은 크게 항상성의 기능, 조직 재생의 기능, 면역 기능으로 3가지 기능을 합니다.

(1) 항성성의 기능 Homeostasis

외부 환경이 어떠하든 우리 몸은 항상 일정하게 유지되어야 합니다. 더울 때 땀을 흘려 체온을 떨어뜨려야 하고, 추울 땐 몸을 부르르 떨어 근육이 열을 발생하도록 합니다. 목이 마르면 물을 마시고 배가 고프면 밥을 먹습니다. 항상성의 균형이 무너지면 제일 먼저 생명의 중추, 시상하부에 경고음이 울립니다. 균형이 잡히도록 조치를 취하자는 신호입니다. 항상성이 무너지면 건강이, 그리고 끝내는 사람이 무너집니다. 항상성은 우리가 자연체로 살 때 가장 균형이 잘 잡힌 건강한 상태를 유지해줍니다.

(2) 조직 재생의 기능

상처를 입게 되면 잠시 뒤 저절로 출혈이 멎고, 딱지가 앉고, 그게 떨어지면 흉터가 남지만 이마저 세월이 지나면 완전 복구됩니다. 이 모든 과정에서 의사가 꿰매고 약을 바르는 건 치료가 잘 되게 도와주는 역할을 할 뿐 우리 몸을 치료하는 것은 자연치유력입니다. 특히 조직 재생의 기능이 상처를 낫게 합니다. 나는 의대생 강의를 하면 항상 이 점을 강조합니다. 치료자는 우리 몸이지 의사가 아니라는 겸허한 자세를 지녀야 합니다. 의사가 거들지 않아도 상처는 결국 낫게 됩니다.

(3) 면역 기능

자연치유력은 우리를 질병으로부터 보호, 방어해주며 노화를 지연시키고 우리에게 혈기 왕성한 건강감健康感을 갖게 해줍니다. 이는 인류가 수백만 년을 살아오면서 터득한 지혜와 경험에서 비롯합니다. 예를 들어, 상한 냄새가 나면 먹지 않습니다. 지난번에 먹고 혼이 난 기억이 있습니다. 튼튼한 면역력은 우리를 건강하게 지켜주는 대단히 고마운 기능을 합니다. 화가 나면 다칠지도 모르니까 즉각 과립구를 많이 만들어냅니다. 이놈은 세균과 싸움을 잘하는 기능이 있기 때문입니다.

의학을 한마디로 정의하자면 어떻게 하면 자연치유력을 튼튼히 할까를 연구하는 학문입니다. 이것만 튼튼하다면 병에도 안 걸릴 뿐만 아니라 걸려도 절로 낫게 해주기 때문입니다.

자연의학의
현대적 부활

자연치유력을 튼튼히 하는 데는 여러 가지 방법이 있습니다. 의학이 복잡하고 어려운 건 그래서입니다. 의학은 크게 두 방향으로 발전하고 있습니다.

소위 치병의학은 병이 나면 병원에 가서 치료합니다. 해서 이를 병원의학이라고도 부릅니다. 이 분야에서 한국의 의료 수준은 세계 일류입니다. 게다가 우리는 한의학이 따로 독립됨으로써 서양의학과 보완 통합관계를 이루고 있습니다.

그 다음이 예방을 위주로 하는 자연의학입니다. 자연치유력을 자연적인 방법으로 튼튼하게 하자는 것입니다. 이게 가능하다면 이보다 이상적이고 경제적인 의료가 없습니다. 이게 구현이 된다면 우리는 병원에 가지 않아도 되는 날이 오게 될 것입니다. 문제는 이 중요한 자연치유력이 나이가 듦에 따라 차츰 약해져가고 있다는 사실입니다. 특히 도시인은 지독한 스트레스와 환경으로 인해 노화가 더욱 가속화되고 있습니다. 하지만 딱하게도 환경은 개인이 어떻게 할 수 있는 문제는 아닙니다. 물론 산골로 이사를 가는 방법도 있습니다만 그래도 생활습관만은 바르게 해야 합니다. 이건 개인의 책임입니다. 그렇게 함으로써 자연치유력을 증강, 예방 및 치유에 기여할 수 있습니다.

자연의학은 이러한 배경으로 최근 새로 각광을 받고 있는 분야입니다. 물론 서양의학의 과학적인 방법을 기본으로 하고 자연의학을 펼치게 됩니다. 실은 옛날 전통의학은 모두 자연의학이었습니다. 그러나 서구의 선진의료가 발전함에 따라 차츰 원시적 자연의료는 쇠퇴되어갔습니다. 그러나 최근 새롭게 조명을 받게 된 건 서양의학만으로는 한계에 부딪히게 되었기 때문입니다. 누가 서양의학을 부정하겠습니까. 인류 복지를 위해 엄청난 공헌을 했습니다. 그러나 거기엔 한계가 있습니다. 대체의학이란 이름으로 보완하려는 움직임이 태동했습니다. 하지만 이 역시 서양 중심의 생각이라는 비판을 받아왔습니다. 이는 서양의학만이 본류이고 대체의학은 아류라는 인식에서 출발합니다. 요즘은 이 말을 잘 쓰지 않게 되면서 보완통합의학으로 불리고 있습니다. 자연의학도 크게 보면 이 범주에 속할 것 같습니다. 인간에 내재된 자연치유력을 보강한다는 의미가 더 강합니다.

자연의학의 지향점

자연의학 캠프에는 현대 의료 시설이라곤 없습니다. 다만 캠프 전체가 명상 분위기입니다. 사람들은 여기선 달리 힐링 프로그램이 필요 없고, 여기 있는 것만으로 마음이 편안하고 기분이 사뿐해진다고 합니다. 이 캠프를 구상하면서 실질적이고 구체적인 목표를 설립하였습니다.

(1) 우아하고 멋있게, 섹시하게

나이가 들수록 우아하고 멋있어 보여야 합니다. 사람들은 그런 사람을 싫어하지 않습니다. 오히려 친근감을 느끼고 존경과 선망의 눈으로 바라보게 됩니다. 반면 지저분하고 냄새 풍기는 사람 곁에 가고 싶지는 않습니다. 그리고 중요한 건 섹시해야 한다는 것. 어떤 관계이든 남녀가 만나면 가벼운 설렘이 있어야 한다는 것. 이게 자연스러운 현상입니다. 남녀가 만나도 별 설렘도 없고 덤덤한 느낌이라면 이건 그냥 두 사람이 만난 것뿐입니다. 가벼운 설렘, 호기심이 일어야 또 만나고 싶은 사람이 되고 무슨 일이든 잘됩니다.

(2) 내 발로 걸을 수 있게

내 발로 못 걸으면 개인의 삶의 질에도 문제가 생기지만, 가족에게도 힘든 일이 됩니다. 진료를 위해 보건소에 나오더라도 제 발로 걷는 사람보다 6배가 더 힘이 든다고 합니다. 목욕 한 번 시키려고 해도 사람이 두셋은 꼭 필요합니다. 걷는 것만큼 좋은 게 없습니다. 뇌에도 좋은 자극을 주어 창의적이고 의욕적으로 만들어줍니다.

(3) 평생 현역으로

현역 시절만큼 활동적이고 큰일을 해야 한다는 것은 아닙니다. 그렇다고 뒷방에 앉아 기침이나 해대는 골골 노인이 되어선 안 되겠습니다. 작은 수입이라도 들어오는 게 있어야 인간은 경제적 여유, 그리고 마음의 여유가 생깁니다. 굳이 당장 들어오는 수입이 없다 하더라도 봉사 활동도 좋습니다. 어떤 시대, 어떤 상황이 오건 할 일이 있도록 평생 공부를 해야 합니다. 이게 또 젊음과 건강의 비결입니다. 일한다는 건 인간의 자연스러운 본성입니다.

(4) 치매에 걸리지 말고

치매는 80%가 유전입니다. 그렇다고 치매는 운명인데 어쩔 수 없다는 생각은 금물입니다. 생활 환경을 잘 조절하면 유전 인자의 영향을 훌쩍 뛰어넘을 수 있다는 게 최근의 연구 결과입니다.

그러나 일단 치매로 진단을 받으면 손상된 신경세포는 원상 복구되지 않습니다. 따라서 예방이 무엇보다 중요합니다.

(5) 병원에 안 가도 되게

이보다 좋은 일이 어디 있겠습니까. 자연치유력만 튼튼히 보강할 수 있다면 병원에 가지 않고 집에서 편히 임종을 맞을 수 있습니다.

(6) 스트레스의 과학적 대처

이 항목은 워낙 중요해서 특별히 강조하지는 않았지만 지난번 충남대학교 연구팀이 선마을 연구를 하면서 가장 두드러진 효과로 세로토닌 증가, 스트레스 감소를 꼽으면서 이 항목이 추가되어야 한다고 결론을 내렸습니다. 힐링의 구체적인 데이터가 첨부된 만큼 새로 추가된 항목입니다.

자연치유력을
보강하려면

자연치유력 보강에는 여러 가지 기법이 있지만 자연의학에서 실시하고 있는 기법은 생활습관을 잘 다듬어 관리하자는 것입니다. 물론 어느 특정 분야만 잘 한다고 보장되는 건 아닙니다. 전체적이고 전인적Total Hlistic인 접근이어야 합니다. 선마을에서 실시하고 있는 생활습관 개선을 위한 프로그램은 다음과 같습니다.

(1) 리듬습관

하루 중 생활 리듬이 건강에 얼마나 중요한가는 의사들도 특별히 강조하진 않습니다. 그러나 자연의학 선마을 캠프에선 건강 리듬에 대해 특히 강조하고 있습니다.

　① 11시 전 취침

　② 아침 6시 전 기상

　③ 낮잠 15~20분

이 리듬이 인간이 자연에 순응하는 가장 기본적인 규칙입니다.

(2) 식사습관

한국 전통 밥상을 유기농으로 조리합니다. 즐거운 분위기에서 천천히 먹되 양을 평소의 80%만 먹습니다. 한 입에 30회 씹고,

한 끼 30분에 걸쳐 먹습니다.

(3) 운동습관

걷는 것이 최고의 운동입니다. 아침의 신선한 태양 빛을 받으며 20분만 걸어도 다이어트며 골다공증 걱정을 안 해도 됩니다. 생활습관병 예방에 최고입니다.

(4) 마음습관

아무리 운동, 식사 조절을 잘해도 마음이 편치 않으면 아무 소용없습니다. 스트레스 조정은 매우 중요합니다.

① 스트레스는 주관적입니다. 귀찮은 일도 즐겁게 하면 문제없습니다. 문제는 싫은 일을 억지로 하면서 병이 되는 것입니다.

② 하찮은 일에도 숭고한 인생의 의미가 있습니다. 이를 깨닫는 슬기와 지혜가 있다면 병을 만들지 않습니다.

③ 감사하는 마음으로 생활합니다. 감사하는 동안의 마음은 평화롭습니다.

시간 부자

사모아 촌장의 〈유럽 견문기〉에 나오는 이야기 한 토막.

그들 '빠빠라기'는 항상 시간에 호들갑을 떤다. 그래 봐야 해가 뜨고 지는 시간이 늘어나는 것도 아닌데.

그는 언제나 시간에 쫓겨 바쁘게 사는 유럽 사람을 '빠빠라기'라 불렀지요. 그렇습니다. 아무리 바쁘게 설쳐도 하루는 24시간, 1년은 365일입니다. 시간과 에너지는 변함없는데 할 일은 많고 욕심도 많고. 현대문명인의 갈등이 이해가 갑니다.

우리는 시간을 시, 분, 초로 빈틈없이 나누어 쓰다 이윽고 산산조각을 내버렸습니다. 생방송 시간, 시계를 쳐다보는 PD들 표정은 사색입니다. 땡! 하면 마쳐야 하는데 출연자의 발언은 길어지고. 프로그램마다 저러고도 숨 쉬고 사는 게 신기합니다. 그렇게 바둥거리며 절약한 시간으로 우리 모두 시간 부자가 되어야 하는데 현실은 어떻습니까? 시간이 남아 고민이란 사람을 본 적이 없습니다. 은퇴한 노인도 마찬가지입니다. 모두가 시간 부족증으로 시달리고 있습니다. 사람이 시간에 쫓기는 만큼 악질적인 스트레스도 많지 않습니다. 경험하셨지요? 약속 시간에 차는 막히고, 죽을 지경입니다.

우리의 하루는 언제나 시간 부족증으로, 팽팽한 긴장의 연속입니다. 이게 사는 건가요? 이러다간 언젠가는 탈이 납니다. 당장의 삶의 질만이 아닙니다.

우리 몸은 말합니다.

"만일 당신 스스로 멈추지 않는다면 내가 강제로 멈추게 하겠다." 몸이 경고를 보내고 있습니다만 우린 잠시의 멈춤도 쉼도 없이 달려만 갑니다. 몸살 앓아보셨지요? 멀쩡한 몸이 갑자기 왜 이러지? 이상합니까? 천만에, 이건 이상도 아니고 갑자기도 아닙니다. 며칠 전부터 몸이 경고를 보내왔습니다. 몸이 찌뿌드드하고 능률도 안 오르고 피곤합니다. 이건 쉬라는 신호입니다. 천천히 여유를 갖고 잠시 멈췄다 가라는 경고입니다. 한데도 강행군입니다. 저러다가 사람이 죽을지도 모릅니다. 더 이상 볼 수가 없습니다. 강제로라도 쉬게 해야 합니다. 고열에 전신통, 현기증까지 아주 녹초를 만듭니다. 밥맛도 앗아갑니다. 미련한 친구가 밥맛이라도 있으면 또 먹고 일하러 나갈 테니까요. 이게 몸살의 의미입니다. 오늘 하루 군소리 말고 푹 쉬라는 신의 축복입니다. 진짜 죽기 전에 아주 초주검을 만드는 겁니다. 그만큼 열심히 뛰었으면 되었다고 좋은 휴식을 준 겁니다. 몸살 후엔 다리는 후들거리지만 기분은 하늘을 날 듯합니다. 그만큼 피곤해 있었다는 증거입니다. 당신 뇌 속의 시상하부가 녹초가 되어가고 있다는 뜻입니다.

처방은 딱 한 가지, 깊은 산속에서 며칠 쉬다 오는 것뿐입니다. 잦은 몸살에도 계속 적당히 때우고 강행군하노라면 다음은 잔잔한 염증이 생기기 시작합니다. 장염, 위염, 편도선염, 상기도염, 구내염, 비염…… 면역체계가 무너지고 있다는 경고입니다. 다음에 오는 게 무엇인지 아시나요? 암입니다.

시상하부를 잘 지켜내야 합니다. 여기가 생명의 중추입니다. 식욕, 성욕, 공격성, 호르몬, 자율신경, 대사, 체온, 수분 조절……. 생명과 직결되는 모든 본능적 중추가 이 엄지손마디만 한 작은 기관에 다 모여 있습니다. 생명 유지에 부족한 부분이 있을 때는 시상하부에서 신호를 보냅니다. 졸리다-자라는 신호죠. 배고프다-먹어라, 피곤하다-쉬라는 신호입니다. 시상하부의 신호가 변연계를 통해 인간 뇌인 전두엽에 전달되면 전두 전야에서 먹자, 쉬자는 명령을 내립니다. 이렇게만 된다면 아무 문제가 없습니다. 문제는 시상하부에서 보내는 신호를 바빠서 못 듣거나 들어도 무시하는 경우, 이게 오래 쌓이면 심각한 문제가 생깁니다. 몸살, 잦은 염증, 다음이 암입니다.

멈추어야 한다

100분의 강연을 하는 동안, 나는 청중에게 숨 돌릴 틈을 주지 않습니다. 청중도 지치지만 난 더 죽을 지경입니다. 악을 씁니다. 마이크가 찢어져라 고래고래 고함을 질러댑니다. 숨도 제대로 쉬지 못하니 갈비뼈가 아픕니다. 혼신의 힘을 다합니다. 아주 파김치가 됩니다. 난 언젠가는 강연을 마치고 숙소로 돌아가는 길에 죽을 거란 생각을 하고 있습니다. 강연 중에 쓰러지면 청중들이 놀랄 테니까. 난 정말이지 내 강연에 혼을 바칩니다. 그러고 죽는다면 그보다 더 멋진 일이 어디 있겠습니까?

문제는 강연의 효과입니다. 사람들에게 오래 강한 임팩트를 줄 수 있어야 하는데 난 그게 잘 안됩니다. 그러기 위해선 중요한 대목에서 잠시의 쉼Pause이 필요합니다. 그래야 사람들에게 강한 인상을 주고 기억에 정착될 수 있습니다. 뇌과학적으로 이 분명한 사실을 알면서도 난 마음이 급해 막 나갑니다.

음악도 그렇고 춤도 마찬가지입니다. 순간의 쉼, 짧은 멈춤이 없으면 춤이 성립되지 않습니다. 격렬한 몸짓 후 정지된 순간, 마치 우주가 정지된 듯, 강력한 힘을 느낍니다. 청중은 숨도 못 쉰 채 깊은 침묵의 순간으로 빠져들어갑니다. 이 멈춤의 순간이 춤에 힘을 실어줍니다. 더 힘찬 에너지와 역동적인 춤으로 만들어줍니다. 이것이 짧은 멈춤의 힘입니다. 쉼은 겉으로 보기엔 정적인 것 같지만 그 속에 잠긴 힘은 참으로 역동적입니다.

우리의 바쁜 일상에 잠시의 멈춤이 필요한 것도 같은 이치입니다. 다음에 뛸 힘을 얻기 위해서도 쉼이 필요합니다. 쉼은 주위에 그리고 내 내부에 무엇이 일어나고 있는지를 알게 해줍니다. 침묵과 고독의 의미가 무엇인지, 그리고 그게 얼마나 강력한가를 일깨워줍니다.

기독교에서 안식일을 정한 의미를 깊이 성찰해야 합니다. 그러나 현대인은 그날도 바쁩니다. 천천히, 여유롭게 그리고 얼마간의 멈춤이 필요합니다. 생존의 비결로서도 필요합니다. 불행히도 도시인이 동반의 흐름에서 벗어나기란 쉽지 않습니다. 그러기 위해선 일상을 떠나 '쉽게 멈출 수 있는 곳'을 찾아야 합니다. 산은 멈춤, 쉼 그 자체입니다. 산이 뿜어내는 그 강력한 힘도 여기서 비롯됩니다.

산은 위대한 자연치유자

이젠 사람들도 '유기농, 자연산' 건강식에 관한 한 웬만한 전문가 수준을 능가합니다. 화학비료, 농약, 유전자 변형…… 얼마나 매스컴에서 떠들어댔던지 가히 공포증에 빠져 있습니다. 어느 것 하나 안심하고 먹을 수 없다고들 난리입니다. 그도 그럴 것이 실제로 농촌에 가보면 밭이 아니라 채소공장 같다는 느낌이 듭니다. 농약을 썼으면 포장이나 깨끗이 치울 것이지 그대로 널부러진 걸 보노라면 솔직히 소름이 끼칩니다. 그게 다 우리 입으로 들어가면 어떻게 될까요? 몸에 처음 들어오는 화학제품이라 뇌가 이를 어떻게 처리해야 할지 혼란에 빠집니다.

요즈음은 농산물 유통업체에서도 이 문제에 관한 한 통제를 철저히 해주고 있어 다소 마음이 놓이긴 하지만 생산자 의식은 아직도 옛날 그대로인 것이 많아 걱정입니다. 제초제 한 번 뿌리면 잡초가 싹 없어집니다. 쉽고 편한 방법이 있는데 왜 달리하겠습니까? 이젠 좀 비싸도 좋은 품질을 고르는 소비자의 안목과 각오가 있어야 생산자 의식이 바뀝니다.

여기서 다시 자본주의의 자연주의 회귀론이 대두합니다. 농산물을 못 믿겠거든 자연으로 돌아가야 합니다. 깊은 산골에 작은 농장이라도 마련하여 내 손으로 직접 농사를 짓는 수밖에 없습니다. 아니면 아예 산골로 들어가 내 눈으로 확인한 농산품을 구입하면 됩니다. 내가 못 지어도 뒷집 할매가 텃밭에서 키운 상추, 산에서 뜯어온 산나물이면 안심할 수 있습니다.

《산에서 암을 이겨낸 사람들》(도트출판사, 2010)이라는 저서를 감수한 적이 있습니다. 선마을 암 환우들의 이야기를 참고하여 감수한 책이지만 참으로 인상적이었습니다. 암 말기라 병원에서 더 이상 해줄 게 없다고 밀려나온 환자들입니다. 모든 걸 체념하고 '죽으러' 산에 들어갔습니다. 나물 먹고 물 마시고 소박한 산중생활이 시작됩니다. 한데 이게 웬걸, 죽질 않는 것입니다. 한 해, 두 해, 이젠 10년, 20년 끄떡없이 잘 살고 있는 것입니다. 인터뷰한 나도 놀랐습니다.

무엇이 이들을 살려냈을까. 모든 걸 체념한 편안한 마음이 첫째일 것입니다. 그리고 맑은 물과 공기, 완전 유기농, 무공해의 소박한 밥상이 이들을 살려냈습니다. 산의 위대한 치유력이 여기서도 유감없이 발휘된 것입니다. 산은 위대한 자연치유자입니다.

최근에는 산의 자연치유력에 관한 과학적 보고도 많이 나왔습니다. 산림과학청에서도 숲의 치유력에 관한 본격적인 연구를 시작했습니다. 민간이나 대학, 산림치유학회에서도 의욕적인 연구

활동을 진행하고 있습니다.

인제대학교 연구팀에 따르면, 숲속에서 아무 일도 하지 않고 몇 시간을 보내노라면 항암 NK세포가 증가한다는 보고도 나왔습니다. 실제로 숲에서 암을 치료한 사람들은 특별한 의학적 프로그램을 시행하지는 않았습니다. 하긴 모든 것을 체념하고 죽으러 간 사람들이 무슨 치료책을 마련할 생각인들 하겠습니까. 당장은 죽질 않으니 소일거리로 텃밭을 가꾸었겠지요. 인간도 자연의 일부요, 우주적 존재라는 걸 온몸으로 부딪치며 깨우친 사람들입니다. 이것이 자연체이자 건강체입니다. 단언컨대 이보다 더 좋은 암 치료가 달리 있을까요.

왜 지금 명상인가

이지형

6장

명상이 우리에게
주는 것들

산행은
명상이다

우리가 어릴 적만 해도 산에 간다는 것은 천하고 힘든 노동이었습니다. 소꼴 하러 가는 더벅머리, 나무꾼, 나물 캐는 아낙네, 심마니, 모두가 힘든 노동자였습니다. 그러나 세월이 좋아서겠지요. 이제 우리에게 산행은 즐거운 오락이 되었습니다. 구체적인 목적은 사람에 따라 다르겠지만 분명한 건 이젠 노동하러 가는 건 아닙니다. 건강을 위해 가는 사람이 제일 많을 것 같습니다. 혼자 가는 사람, 둘이 혹은 여럿이 가는 사람들도 있습니다만, 산을 오르는 동안은 혼자입니다. 혼자일 수밖에 없습니다. 오솔길은 둘이 걸을 수가 없습니다. 둘이 간들 오르막길에 숨이 가빠 대화도 안 됩니다.

혼자 올라갑니다. 산행하는 사람의 뒷모습을 바라보십시오. 조용하고 차분합니다. 그냥 묵묵히 걷습니다. 산에서 길길이 뛰며 흥분하는 사람은 잘 없습니다. 조용합니다. 엄숙하기까지 합니다. 줄지어 오르는 모습이 구도자, 순례자의 거룩한 행렬로 보입니다. 산에 들어서면 자기도 모르게 산을 닮아갑니다. 절이나 수도원에서 면벽수도를 하는 성직자들의 뒷모습은 마치 태산이 떡버티고 앉은 듯한 위엄을 느끼게 합니다. 조용하지만 그 기세에 압도당하는 기분입니다. 태풍이 불어도 흔들리지 않을 그 기품이 산 그대로입니다.

산은 바쁘게 오르는 게 아닙니다. 그럴 수도 없고. 동중정動中靜 천천히 걸어 오르노라면 마음은 그지없이 평온하고 차분해집니다. 이게 산이 주는 축복이요, 산행이 명상의 경지로 이끌어주는 마력입니다. 쉬엄쉬엄 쉬어가노라면 더더욱 쉽게 명상의 경지에 빠져들 수 있습니다. 바위 위에, 큰 나무 아래에 조용히 앉아보십시오. 온 산의 무거운 침묵이, 엄청난 힘이 내 몸을 지그시 눌러오고 있는 걸 느낄 수 있습니다.

'오늘은 정상에 가지 않는다.'

이런 생각을 한번 해보는 것도 나쁘지 않습니다. 우리는 거의 무의식적으로 등산하면 정상에 올라야 한다는 강박 의식이 있습니다. 정상이 목표인 사람은 마음이 급해질 수도 있습니다. 숨이 차고 다리가 아파도 어떻게든 정상까진 가야 한다는 생각에 무리를 하게 됩니다. 이건 단련이지 수련이 아닙니다. 훈련이 아닌 이상 등산은 명상이라는 생각으로 올라야 합니다. 그래야 심신이 건강하고 철학이, 그리고 내 삶이, 한 마디 훌쩍 자란 모습이 느껴질 것입니다.

산행이
명상이라니?

선뜻 납득이 가지 않습니다. 우리는 명상이라고 하면 절에 스님들이 하는 깊은 참선을 떠올리곤 합니다만 실제로 명상은 우리 일상생활 속에서 누구나 하고 있는 일입니다. 거의 본능적으로 하게 되는 게 명상입니다.

딱하게도 우리는 어릴 때부터 불행해지는 교육만 받아왔습니다. 성공해라, 공부해라, 놀지 마라……. 이게 잘 안 되면 우리 마음에 그늘이 지기 시작합니다. 어둡고 무겁고 자칫 썩을지도 모릅니다. 이걸 그대로 보고만 있진 않습니다. 우리 마음은 본능적으로 그것에 대비를 합니다.

정원에 서면 나도 모르게 잡초를 뽑고 손질하고 다듬고 물 주고 거름도 주게 되지요? 나쁜 생각, 나쁜 감정들은 잡초를 뽑듯 몰아내고 따뜻한 마음, 사랑, 용서하는 마음을 심게 됩니다. 그건 인간의 본능적 반응입니다. 그게 명상입니다.

명상은 일부러 하는 것이 아니라 자연스럽게 되는 것이어서 우리는 누구나 일상에서 실제로 명상을 하고 있습니다. 소설에 빠져 홀딱 밤을 새운 적이 있겠지요? 게임에 빠져 혹은 운동에 열중하노라면 시간 가는 줄 모릅니다. 엄마가 아이 젖을 줄 때만큼 행복하고 평화로운 시간이 또 있을까요? 온 세상을 내 품에 안고 있는 엄마에게 무슨 근심이며 스트레스가 있을까요. 힘든 일을 할 때나 공부할 때도 우린 온 신경을 쏟아 그 일에 열중합니다. 이것이 명상입니다. 우리는 이처럼 일상생활 중에 명상을 자주 하고 있습니다. 명상한다는 생각도 없이 하고 있는 겁니다. 다만 그게 명상인 줄 모르고 있을 뿐입니다.

도서관에서 공부에 빠져 있습니다. 문득 창밖을 보니 깜깜한 밤입니다. 그제야 으스스 춥기도 하고 목도 마르고 시장기도 듭니다. 시간의 흐름도 잊은 채 완전 몰두, 무아지경에 빠져 있었던 겁니다. 삼매경이라고도 하고 심리학에선 'Flow'라고 합니다. 가방을 챙겨 들고 밖을 나오는 순간, 아! 그 기분! 하늘을 찌를 듯 상쾌합니다. 그럴 수 있는 내가 자랑스럽고 대견합니다. 이보다 좋은 자아 영양제Ego-Booster는 없습니다. 갑자기 실력이 쑥 자란 듯합니다. 목표에 한 걸음 다가선 느낌, 성취감, 달성감도 듭니다. 이게 명상이요, 명상이 안겨주는 축복입니다. 쾌적 호르몬인 세로토닌, 도파민이 펑펑 쏟아지는 순간입니다.

명상은 '지금 여기에 집중된 상태Mindful'를 말합니다. 언제나 이럴 수 있다면 얼마나 좋을까요? 이런 사람에겐 달리 명상이 필요 없습니다. 불행히 우리 일상생활이란 게 잘 그러질 못합니다.

그럴 땐 이걸 의도적으로 만들어보자는 게 명상의 목적입니다. 주가 폭락으로 자살하는 사람이 있습니다. 주가 탓이라고들 생각하지만 실은 마음 탓입니다. 바깥세상 탓이 아닙니다. 무슨 일이건 마음먹기 나름입니다. 많이 갖고 있으면서 불행한 걸 보면, 행·불행도 결국 마음의 문제라는 결론이 분명해집니다. 한데 그 마음이 내 마음대로 되지 않는다는 게 문제입니다. 중요한 약속은 깜빡하면서 어릴 적 교실에서 오줌 싼 기억은 왜 오래도록 잊히지를 않죠?

생각하면 마음이란 참으로 야속합니다. 마음만 내 마음대로 조정할 수 있다면! 더러 해본 생각 아닌가요? 명상이 해답입니다. 해보시면 압니다. 한 걸음, 한 걸음, 산을 오르는 순간, 우리 마음이 어떠합니까. 절로 차분하고 참으로 평화로워집니다. 명상의 경지에 들었다는 증거입니다. 산행은 명상입니다.

일상생활의 명상화, 이것이 한국명상총회의 결론입니다.

걷는다는 것

명화의 엔딩은 특히 걷는 장면이 인상적입니다. 주인공이 온갖 시련을 털고 먼 석양을 향해 홀로 걸어가는 장면은 오래도록 우리 뇌리에 남아 있습니다. 도스토옙스키의 《카라마조프의 형제들》을 보면 가정 내 심각한 갈등으로 살인까지 등장하지만 마지막 장면은 걷는 것으로 용서하고 앞으로 나아갑니다. 셋째 아들이 조카들 손을 잡고 "자, 가자. 이제 우리 손 잡고 가자" 하는 끝 장면이 압권입니다. 바티칸 시스티나 성당 벽화에도 플라톤이 제자 아리스토텔레스와 이야기하면서 계단을 걸어 내려오는 대형 그림이 아주 인상적입니다.

유럽을 여행하노라면 후미진 골목에 노인들의 뚜벅거리는 무거운 발걸음 소리가 묘하게도 철학적 뉘앙스를 풍깁니다. 간디의 항전은 380km나 되는 먼 여정을 걷는 데서 비롯됩니다. 마틴 루터 킹 목사의 인권 행진도 함께 걷는 것으로 강력한, 그러나 평화로운 의지를 천명했습니다. 민주 항쟁으로 시작된 우리의 평화 행진도 함께 걷는 것으로 우리의 뜨거운 열망, 저항 정신을 천명했습니다.

걷는다는 건 이처럼 많은 의미를 내포하고 있습니다. 비폭력, 무언의 항쟁, 항의를 위한 강력한 의사 표현이기도 합니다. 예술, 철학, 학문적 의미도 담고 있지만 집약된 메시지는 '평화'입니다. 조용한 행렬도 뛰기 시작하면 그만 과격, 폭력으로 발전되기 십상입니다. 걷는 것과 뛰는 것은 이렇게 다릅니다.

평화롭고 차분한 마음을 위해선 걸어야 합니다. 걸을 땐 앞을 보고 갑니다. 전향적입니다. 따라서 지난 일로 다투거나 싸우질 않습니다. 뇌 회로가 앞을 향해 돌아갑니다. 조용히 앉아 있을 때보다 오히려 더 평화롭고 전향적입니다.

저녁 9시 이후 술집에 앉아 벌어지는 대화 내용을 되돌아보면 쉽게 알 수 있습니다. 잡담에 음담패설, 험담…… 도대체 생산적인 내용이라곤 별로 없습니다. 그러다 싸움판으로 번지지 않은 것만으로 다행입니다. 바가지 술값에 택시 잡기 경쟁, 그래도 스트레스 해소란 명목으로 밤마다 술집엔 만원입니다. 과감히 빠져나오세요. 그리고 걸으세요.

친구와 어려운 이야기를 할 때도 걸으며 하는 게 생산적입니다. 부하나 아이를 꾸중할 때도 걸으며 해보십시오. 앉혀 놓고 하면 왜 그리 장광설이 되곤 하는지요, 그래선 설득력도 떨어집니다. 자칫 아이에게 상처를 주기도 하고 반발을 살 수도 있습니다. 걸으며 타일러보십시오. 실험적으로 한번 해보십시오. 훨씬 부드러

위집니다.

누구도 걸으면서 언성을 높이진 않습니다. 걸으면서 싸우는 사람은 별로 없습니다. 뇌과학적으로 그건 불가능합니다. 걸으면 평화, 쾌적 호르몬인 세로토닌이 분비되기 때문입니다. 걸으면 대지를 밟는 충실감이 온몸으로 전달되어 정서적으로 안정이 되며 흔들림이 없습니다. 우리는 무심코 걷지만 걷는다는 건 전신, 전뇌의 운동입니다. 걷는 동안, 우리 몸이나 뇌 어느 부위도 조용히 있지 않습니다.

다리를 드는 간단한 동작 하나에도 수많은 운동신경이 관여합니다. 잘 올리고 있는지 지각신경도 동원됩니다. 올린 발을 내릴 때도 착지 지점이 안전한지 눈으로 보고, 거기에 맞게 강도나 지점을 선택해야 합니다. 팔을 흔들어 균형을 잡고 멀리 앞을, 그리고 가까이 발 근처를 보면서 가는 방향, 속도를 계산합니다. 뺨을 스치는 바람으로 온도를 측정하고 약속 시간과 거리를 계산합니다. 클랙슨 소리에 귀를 기울이고 오가는 사람도 잘 훑어봐야 합니다. 끝이 없습니다.

걷는 건 인간의 본능적 행위입니다. 차가 없던 시절엔 수렵과 채집을 위해 걸어야 했습니다. 요즈음 우리처럼 한 블록도 걷기 싫어했다면 인류는 멸종했을지 모릅니다. 걷는 것이 즐겁도록 유전 인자에 설계되어 있습니다. 조용한 새벽 시골길, 20분만 걸어 보십시오. 절로 휘파람이 나옵니다. 행복합니다. 걷는 건 인간의 본능입니다.

마음이 불안할 때나 화날 때는 어떻게 하십니까? 아무리 차분해지자고 마음을 먹어도 잘 되질 않습니다. 될 리가 없지요. 불안한 것도 마음이고 차분해지지자는 것도 마음인데, 마음으로 마음이 조절될 리가 없습니다. 이럴 때, 상반되는 마음 사이에 걷는 행동을 넣자는 겁니다. 상반되는 마음끼리는 부딪히면 더 세력이 강해집니다. 걸으면 그 사이에 완충지대를 만들 수 있습니다. 뒤이어 온몸에 쌓인 긴장이 걷는 운동으로 풀립니다. 그리고 고마운 세로토닌이 불안을 얼음처럼 녹여줍니다.

옛길을 따라 걸어보십시오. 선현들의 발자취가 몸에 배어옵니다. 덕수궁 돌담길도 참 좋습니다. 경희궁, 경교당, 이화학당, 러시아 대사관…… 옛날엔 인왕산 호랑이도 어슬렁거렸다고 하는 옛길입니다. 한말의 긴박한 역사의 뒤안길에 가슴이 뛰기도 합니다. 높은 담장 넘어 고종의 근심스런 얼굴도 눈에 선합니다.

요즈음 걷기 대회가 부쩍 늘어난 것도 시끄러운 현대의 시대적 반영입니다.

명상의 기본

산행은 명상이라고 했습니다. 그리고 명상의 세 가지 기본은 반듯한 자세, 깊고 부드러운 호흡, 주의 집중입니다.

산을 오르면서 정좌하듯 반듯한 자세가 되기란 물론 쉽지 않습니다. 우리가 자세에 대한 이야기를 따로 하지 않은 건 이 때문입니다. 그러나 잠시 따로 앉아 명상을 할 적에는 허리를 반듯하게 펴고 해야 잘 됩니다. 웅크린 자세는 공격-방어적 자세입니다. 복싱이나 레슬링 시합 장면을 지켜보면 바로 알 수 있습니다. 선수들은 웅크린 자세로 시합하다가 휴식 벨이 울리면 허리부터 펍니다. 공격적인 놀아드레날린에서 휴식의 세로토닌으로 전환되기 위해서입니다.

끝으로 의식입니다. 여러분은 산행을 하면서 어디에 주의 집중을 합니까? 무슨 생각을 하게 되나요? 걱정거리에 매달리지 말았으면 좋겠습니다. 명상은 집중입니다. 만트라Mantra를 속으로 외기도 하고, 의미가 있든 없든 한 단어에 집중할 수도 있습니다. 발자국 소리, 수를 세기도 하고 드나드는 호흡에 집중할 수도 있습니다.

하지만 초보자에겐 힘든 게 집중입니다. 아무 생각을 말라지만 산 사람이 어찌 생각이 없겠습니까. 오만 가지 잡념 때문에 명상이 안 된다고들 합니다. 그러나 그게 살아 있다는 증거입니다. 무슨 생각이든 좋습니다. 다만 생각과 싸우지는 말아야 합니다. 생각이 떠오르는 대로 그냥 내버려두십시오. 마치 강가에 서서 흘러가는 강물을 바라보듯 덤덤히 바라만 보십시오. 마치 남의 일인 것처럼, 그러면 무슨 생각이든 감정의 동요가 없어집니다. 그것이 무상무념입니다. 무상무념이라고 해서 아무 생각이 없는 무심의 경지는 아닙니다. 다만 무슨 생각이 떠오르든 감정의 동요가 없기에 마음이 편안할 뿐입니다.

그래도 집중이 쉽지 않습니다. 산행이 훌륭한 명상인 것은 한 걸음 한 걸음에 주의가 집중되기 때문입니다. 실제로 불가에선 행선이라고 해서 한 걸음 떼어놓는 데 수분이 걸립니다. 발바닥에 닿는 모든 감촉에 주의를 집중하기 위해서입니다. 산행도 행선의 일종이라고 생각하면 이해하기 쉬울까요? 조용한 방에 정좌, 호흡 조절, 의식 집중을 한다는 건 평소에 안 하던 일이라 낯설고 잘되지 않습니다. 그러나 산행은 동적인 상태라 자연스레 잘됩니다.

명상은 현재의 이 순간에 집중하는 일입니다. 노이로제 환자는 이미 끝난 지난 일에 매달려 후회하고 억울해하고 고민합니다. 그리곤 아직 닥치지도 않은 미래에 대해 걱정하고 두려워하죠.

하지만 이게 어찌 노이로제만의 일이랴. 우리 모두에게 이런 경향은 있습니다.

지금 여기 이 순간에 살아야 합니다. 과거를 반성하고 미래를 기획하는 건 좋습니다. 그러나 지나치게 거기에만 매달렸다간 가장 중요한 시간, 현재를 놓치고 맙니다. 그건 곧 인생을 놓친다는 뜻입니다. 우리가 진짜 현재에 살면 모든 게 새로운 의미로 다가옵니다. 색깔이 더 선명하고 꽃향기도 더 진하게 다가옵니다. 음악의 배경 선율까지 듣게 되지요. 현재 속에 깨어 있고 현재를 인식함으로써 감수성을 높이고 일상의 과제를 효과적으로 수행할 수 있습니다. 이것을 정신의학에선 '지금 여기Here & Now' 상황이라 부릅니다. 정신 치료도 따지고 보면 환자의 정신 상태를 '지금 여기'에 집중토록 도와주는 일입니다. 안개 속을 헤매듯 막막한 현대인에게 명상이 필요한 이유입니다.

호흡을 조절한다

불안하거나 두려울 땐 손발이 떨리고 가슴이 두근거립니다. 아무리 조용히 하려 해도 되질 않습니다. 이처럼 흥분된 교감신경은 내 의지나 뜻대로 말을 듣지 않습니다. 이게 자율신경 실조증입니다. 오래가면 온갖 병으로 발전합니다.

이땐 호흡이 도움됩니다. 깊이 천천히 호흡을 해보십시오. 당장 마음이 조용히 가라앉습니다. 이게 호흡의 신비스럽고 위대한 능력입니다. 호흡만이 자율신경을 조절할 수 있습니다. 참으로 고마운 일이죠. 지금부터 2천 년도 전에 인도 북부의 한 청년이 6년의 고행 끝에 보리수 아래에서 참선을 함으로써 깨친 위대한 발견입니다. 부처님의 이 호흡법이 효과가 없다면 지금까지 이어올 리가 없겠지요.

짐을 지고, 땅을 파고, 무슨 일을 하건 호흡 조절이 필수입니다. 목수의 대패질도 긴 호흡이 필요합니다. 단숨에 해야 하기 때문입니다. 명필도 호흡의 예술입니다. 오케스트라도 구성원 모두가 지휘자와 호흡을 맞추어야 아름다운 화음이 가능합니다. 그리고 청중과도 호흡이 맞아야 감동을 줍니다. 섹스도 두 사람의 호흡이 하나로 되어야 완벽한 성이 가능합니다. 명상의 기본이 호흡인 것도 같은 이유입니다. 호흡이 가라앉아야 마음이 가라앉기 때문입니다.

모든 명상의 기본은 조용히, 천천히, 부드럽게 하는 깊은 호흡입니다. 그리고 가급적이면 아랫배(단전丹田)로 합니다. 호흡을 아래로 가라앉혀야 합니다. 횡격막도 아래로, 복강의 장기도 아래로 가라앉아야 마음이 가라앉습니다.

화가 날 때의 응급처치를 아시죠? 그대로 폭발해버리면 자칫 평생을 후회할 일이 생길지도 모릅니다. 화는 일단 내기 시작하면 자꾸 폭증하는 경향이 있습니다. 점점 커져 나중엔 도저히 이성으로 조절되지 않게 됩니다. 그땐 일단 돌아서 심호흡을 세 번 하세요. 그런다고 화난 일이 풀릴 리야 없습니다만 그것만으로 잠시 여유가 생깁니다. 컨트롤하기가 좀 쉬워집니다. 보다 효과적인 방법은 잠시 걷는 겁니다. 그 자리를 떠나는 건 더욱 확실한 조절법입니다. 그러면서 천천히, 깊이 호흡을 해보세요.

깊은 심호흡을 하면 복강 내 장기도 운동을 하게 되고 산소 공급도 많아져 장 기능이 건강하고 유연해집니다. 호흡을 할 때엔 많은 근육이 관여하게 됩니다. 산을 오르면 호흡이 절로 깊어집니다. 이것이 '산행이 명상'이라는 또 하나의 이유입니다.

깊은 산속에 사노라면 피부도 맑아지고 피부 알러지, 폐질환은 물론이고 암이 치료된 환자도 많습니다. 깊은 숲속에는 맑은 공기만있는 것이 아닙니다. 거기엔 우주의 숨결이, 혼이 잠겨 있습니다. 우주의 혼을 들이마신다는 기분으로 천천히, 깊이 들이마십시오. 이럴 때 우리는 우주와의 공감을 통해 영감이 열립니다. 영감이 영어로 'Inspiration'인 이유도 여기 있다고 했지요? 호흡을 조용히 깊이 하면 마음이 그지없이 편안하고 맑아서 영감이 떠오릅니다. 풀리지 않던 숙제가 풀리기도 하고 생각도 못한 좋은 아이디어나 발상이 떠오르기도 합니다. 철학적 사색을 깊이 하는 자극제가 될 수도 있습니다. 수도원이나 절이 산속에 있는 이유를 알 것 같습니다. 산행은 명상이란 말이 확실히 이해가 됩니까?

조용히 호흡을 하는 동안 부교감이 활발해져 마음이 편안함은 물론 세로토닌이 분비됩니다. 명상을 하면 세로토닌이 분비된다는 많은 연구 보고가 있습니다. 이게 스트레스 치유에 명상만큼 효과적인 게 없는 이유입니다. 그리고 이것이 힐링의 요체입니다.

힘이 들 때
단전 호흡

산을 오르다 힘이 들면 잠시 비껴 앉아 한숨 돌리며 단전 호흡을 해보세요. 단전은 배꼽 아래 세 손가락쯤에 위치한 우리 몸의 중심입니다. 여기가 모든 힘의 원천입니다. 도교道敎에서는 불로불사不老不死의 약인 단약丹藥을 갈고 닦는 곳으로 단전을 생명원生命源이라 부르기도 합니다. 한때 우리나라에도 《단학丹學》(한문화, 2011)이라는 책이 붐을 일으킨 적도 있습니다. 한국에서는 여기를 기가 모이는 곳, 즉 축기蓄氣의 장으로 부르고 있습니다. 여기가 튼튼해야 기가 살아 있고 활력이 넘친다는 뜻이지요.

그러기 위해선 튼튼한 허리가 물리적으로 받침대 역할을 잘 해주어야 합니다. 축구에서도 미드필더를 허리라고 부릅니다. 여기가 약하면 공수 어느 것도 연결이 제대로 되지 않습니다. 정신적으로는 배포가 좋아야 합니다. 물리성, 정신성, 그리고 단전의 활력성이 잘 조화된 상태가 힘의 중심이란 게 이해가 됩니다. 이럴 때 온몸에 통일감, 충실감이 넘쳐납니다.

일반적으로 우리 의식은 가슴 언저리에 있어 불안정하지만 이게 아래로 내려올수록 안정감이 생깁니다. 대지를 딛고 턱 버티고 섰을 때의 중심점입니다. 성악가의 소리는 목에서가 아니고 배에서 나옵니다. 이게 발성법의 기본이죠. 단전에서 나와야 자연스럽게 우주의 울림과 공명, 우렁차고 부드러운 소리가 됩니다. 깊이 조용히 가라앉아 있는 단전을 의식하고 호흡함으로써 심신이 안정됩니다. 생각도 마음도 느긋해서 긴장이 풀립니다.

호흡법의 단계는 우리가 일상으로 하는 얕은 흉식 호흡, 의식적으로 깊이 하는 복식 호흡, 그리고 최종 단계가 단전 호흡입니다. 숨을 내쉬는 호기는 먼저 아랫배를 등 뒤로 밀어붙입니다. 입을 가늘게 열어 천천히, 부드럽게, 길게 합니다. 호기가 끝나면 흡기는 코로 절로 됩니다.

명상 지도를 하노라면 초심자들은 단전 호흡이 잘 되지 않습니다. 그땐 등산을 해보라고 권합니다. 산을 오르면 절로 아랫배로 심호흡을 하게 됩니다. 배가 불룩거립니다. 그게 단전 호흡입니다. 이론적으로 까다롭게 썼지만 아랫배로 천천히 깊이 하는 게 단전 호흡입니다. 횡경막 호흡은 우리가 일상적으로 하는 호흡으로서 평생, 밤낮없이 하고 있습니다. 하지만 세로토닌은 분비되지 않습니다. 산에 오를 제면 마음이 차분해집니다. 심호흡의 리드미컬한 운동이 세로토닌 분비를 촉진해주기 때문입니다. 절이나 수도원이 산중에 있는 것도 오르는 동안 수도가 되기 때문입니다. 참으로 과학적입니다.

우리가 일상생활에서 계단을 오르자는 것도 같은 취지입니다. 거기다 하퇴근육이 튼튼해지고 에너지 소비가 많아서 트리밍 효과까지 일석삼조입니다.

관조의 시간

나는 관조觀照라는 말을 좋아합니다. 젊은 날 바삐 쫓겨다녀야 할 때엔 그럴 여유도 지혜도 없었지만 요즈음은 관조하려고 제법 노력하고 있습니다. 그럴수록 그 뜻이 무겁고 지혜의 깊이가 더해지는 것 같습니다.

관조는 바로 명상입니다. 영어에선 'Cotemplation'이라 하는데 사전적 의미로는 '세월의 흔적과 전조를 의식하며 신전에서 보내는 집중의 시간'으로 정의하고 있습니다. 종교적인 색채가 짙습니다. 불교에서도 지혜를 써서 사리를 비추어보는 것을 의미합니다. 사색적 명상이라는 말과 상통합니다. 그냥 보니 좋다는 감성적 차원을 넘어 오감과 지혜를 총동원하여 넓게 깊이 생각하는 마음 상태입니다. 쉽게 풀어쓰는 해석이 더 어렵게 된 것 같습니다만 예술 작품이든 자연이든 그냥 보지 말고 지혜를 동원, 생각하며 보고 듣고 느끼자는 것입니다. 거기서 많은 인생의 교훈을 얻을 수 있습니다.

관조를 하기 위해선 멈춤과 사색이 필요합니다. 정상에서 세상을 두루 둘러보는 쉼, 산행의 진수는 이 순간이 아닌가 싶습니다. 우리가 길을 걸으면서 무언가 생각이 안 날 때, 생각해내려 할 때,

자연스럽게 절로 걸음을 멈추게 됩니다. 반대로, 불쾌한 일을 잊으려 할 때는 걸음을 빨리 합니다. 마치 그 불쾌한 일이 나를 따라오기나 하듯 달아납니다.

우리 마을에선 때론 시간이 정지된 듯한 순간이 더러 있습니다. 흰 구름도 뜬 그대로 바람 한 점 일지 않고 산도 꿈쩍 않고 그대로, 정적이 감도는 순간, 모든 게 평화롭기만 합니다. 마음도 차분히 가라앉습니다. 이런 순간에 무슨 근심이며 걱정이랴. 산에 살면서 얻을 수 있는 또 하나의 축복이 아닐 수 없습니다.

삼라만상이 새로운 의미로 다가옵니다. 내 삶의 무게가 한결 깊어집니다. 바쁘게 돌아가는 도심에선 산만해지기 쉽고 중심이 잡히지도 않습니다. 바쁜 삶은 우리의 소중한 상상력마저 앗아갑니다. 시간에 쫓기면 정관의 경지에 들 수가 없습니다. 모든 게 정지된 관조의 순간이 그지없이 자유롭고 편안합니다. 무엇에도 구속됨이 없는 자유로운 자신과 만나게 됩니다. 선현들의 말이 생각납니다.

어려운 문제에 부딪치거든 '기다려라.' 시간이 해결해준다.

세월이 약이라는 말을 믿어야 한다.

세상살이 어렵고 힘들거든 자연 속에 정적 속에 멈춰 서보십시오. 그리고 기다리십시오.

명상과
뇌파

많은 실증적 연구가 되어 있습니다. 우리 뇌에 대한 이야기부터 하겠습니다.

마음이 뇌에 있다는 건 이젠 상식이 되었습니다. 우리가 일상에서 갖게 되는 마음은 놀아드레날린, 도파민, 세로토닌 세 가지 신경전달물질과 연관이 있습니다. 해서 이를 마음의 삼원색三原色이라 부르기도 합니다. 우리 마음은 이 세 가지 물질의 활성도에 따라 결정됩니다.

① 놀아드레날린NA : 뇌 내 위기관리센터로서 외부 침입에 대해 방어하는 물질입니다. 이게 너무 많으면 스트레스로 작동, 우리 몸에 해를 끼칩니다.

② 도파민 : 쾌락중추로서 욕구가 채워질 때 기분 좋아지는 쾌락물질입니다. 단, 지나치면 습관성이 될 수도 있습니다. 사람 욕심이 끝이 없다는 건 도파민 때문입니다.

③ 세로토닌 : 공격성, 쾌락성 양극 간의 신경전달물질을 조절함으로써 우리 마음이 평상심을 유지하게 하며, 본능이 충족될 때 분비되는 행복물질로 알려져 있습니다.

명상을 하는 입장에서 보면 목적이 마음의 편안과 행복이므로 세로토닌 분비가 잘 되고 활성화되는 상태를 힐링이라 부릅니다. 복근을 사용한 명상 호흡을 하면 빠른 알파파가 나타나는데, 이때 뇌간의 망양체RAS는 각성 상태에 있으면서 대뇌피질을 억제하므로 온갖 잡념이나 걱정이 사라지고 사뿐한 기분이 듭니다. 이를 불교에선 성성적적惺惺寂寂의 경지라 부릅니다. 눈을 약간 뜨고 명상을 해야 하는 이유는 깨어 있어야 하기 때문입니다. 눈을 감고 명상을 하면 즉각 느린 알파(α)파가 나타나고, 차츰 느려져 세타(θ)파가 되고, 더 느려져 델타(β)파가 되면 졸리기 시작합니다. 반듯한 자세로 복식 호흡(제하단전)을 천천히 가늘게 부드럽게 하면서 주의 집중을 해야 좋은 명상이 됩니다.

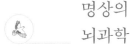

명상의
뇌과학

산행이 명상이라는 건 우리가 체험으로 알고 있습니다. 산행이 불쾌하고 마음이 편치 않은 일이라면 누가 산에 가겠습니까? 산행이나 명상이나 하는 동안 혹은 하고 난 후의 심리적 효과는 다를 게 없습니다. 그렇지만 방 안에 조용히 앉아서 하는 좌선명상보다 쾌적한 오감의 자극 속에 동적인 산행이 주는 명상적 효과가 훨씬 더 크고 하기도 쉽습니다.

먼저 명상의 뇌과학적 소견부터 들어보겠습니다.

명상을 하면 심신이 편안하고 쾌적하며 행복감에 젖기까지 합니다. 이건 물론 주관적 느낌입니다. 하지만 '왜 이런 일이 뇌 속에 일어날까?'에 대해 많은 뇌과학적 연구가 이뤄지고 있습니다.

명상을 하면 쾌감물질인 세로토닌이 분비됩니다. 그리고 이 물질이 안심감, 편안함, 안도감, 행복감을 만들어내는 중요한 촉매작용을 합니다. 전두연합야와 변연계가 합작, 공명을 유도합니다. 이럴 때 기억을 담당하는 해마에서 새로운 신경세포Neuron가 솟아나는 것을 2000년 소크 의학 연구소의 젊은 뇌과학자 에릭슨이 발견했습니다. 신생 신경세포의 작용은 크게 세 가지입니다.

① 기억력, 사고력, 발상력, 적응력을 증대한다.

② 부정적이거나 싫은 기억을 없앤다.

③ 스트레스 호르몬 분비를 억제함으로써 불안과 우울을 예방치료한다.

이렇게 중요한 해마는 대뇌 회로의 중심에 위치하고 있어서 대뇌의 여러 회로와 연결되어 있습니다. 오감 영역을 비롯하여 전두전야, 호르몬을 조절하는 시상하부, 감정의 편도체, 의욕의 기저핵, 행복의 대상회전피질 등 중요한 뇌 부위에 광범위하게 연결되어 있습니다. 해마를 계속 자극, 활성화함으로써 새로운 신경세포Neuron, 신경망Synapse, 회로를 증식시켜야 합니다. 많은 방법이 있겠지만 명상도 그중 중요하고 즉각적인 수단의 하나입니다. 명상은 이제 '동양의 신비가 아닌 증명된 과학'입니다. 이것이 1990년대 후반 미국의 첨단 뇌과학자들이 내린 결론입니다. 그 이후 미국에서 명상 붐이 폭발적으로 일어나고 있습니다. 세기가 바뀌면서 빠름에서 느림으로, 동動에서 정靜으로의 엄청난 이행Shift이 일어나고 있습니다.

명상의 과학적 효과는 위에 열거한 몇 가지가 입증된 것만으로도 엄청납니다. 명상의 심리적, 생리적 효과는 물론 이것만이 아닙니다.

한국 명상의
현재와 미래

한국의 명상은 불교가 들어온 이래 절에서 행해지고 있는 참선 명상이 원류입니다. 족히 2천 년은 넘게 전승되어온 전통이 있습니다. 그러나 이것은 절에서 하는 수행의 하나로서 일반 대중이 접하진 못했습니다. 극히 근년에 들어 참선을 기반으로 쉽게 대중이 다가갈 수 있는 명상 기법이 개발되면서 차츰 알려지기 시작했습니다. 특히 최근 미국에서 마음챙김명상Mindful Meditation 이 국내에 유입되면서 명상에 대한 일반인들의 관심이 높아졌습니다.

현재 명상의 주류는 두 축을 이루고 있습니다. 절의 참선과 마음챙김명상입니다. 마음챙김명상 역시 불교 참선 수련이 그 기원입니다. 존 카바트 교수는 불교의 참선에 심취하여 이를 대중화하기 위해 종교적 색채를 없애고 좀 더 쉽게 접근할 수 있는 실제적인 방법을 제시함으로써 미국에서의 명상 보급에 크게 기여했습니다. 관심 있는 인사들이 이를 역수입, 대중에게 보급해 오고 있습니다. 이 외에도 뇌호흡명상, 요가명상, 전통 무예 수련 도장에서도 여러 가지 명상을 병행하고 있습니다.

2019년 9월 각산스님을 중심으로 동국대학교에서 3일간 한국명상총회가 개최되었습니다. 여러 전문가들이 참석하여 명상의 대중화를 위한 열띤 토론을 벌였습니다. 나도 초청을 받아 발표할 기회가 있었습니다. 나는 명상 전문가도 아니어서 전문적인 논의는 할 수 없었습니다. 다만 선마을에서 하고 있는 자연명상을 소개하는 데 그쳤습니다.

선마을에서는 명상을 비롯하여 여러 가지 자연치유 프로그램을 실시 중인데 압도적인 인기를 얻고 있는 것이 자연명상입니다. 사람들에게 명상은 어려운 것이 아닙니다. 누구나 쉽게 할 수 있다는 것을 보여줌으로써 명상에 대한 관심을 높여보자는 취지였습니다. 명상 입문을 위한 과정입니다. 특히 우리나라는 자연이 풍부해 쉽게 명상을 할 수 있습니다. 우리는 그간 산업화, 도시화 물결에 밀려 자연과 거리가 멀어졌습니다. 자연과 멀어지면서 불행해지고 건강에 문제가 생겼습니다. 이 책의 마지막 장에 자연치유명상을 소개한 것도 그런 일환입니다.

뇌 피로에 최고의 명약

도시인의 피로는 뇌 피로이지 몸의 피로가 아니란 것은 전술한 바 있습니다. 뇌 피로가 시상하부에 쌓이면 결국은 당뇨, 고혈압, 암 등의 생활습관병으로 발전합니다. 시상하부에는 생명의 중추가 다 모여 있기 때문에 하나가 고장이 나면 함께 있는 다른 기관도 고장이 나게 됩니다. 뇌 피로는 주로 교감신경의 과로로 인해 생깁니다. 자율신경 사령부가 시상하부에 있기 때문에 여기에 부조 현상이 생기면 함께 있는 면역체계, 호르몬 대사체계도 고장을 일으킵니다. 뇌 피로의 대책이 중요한 것은 그래서입니다. 몸이 피로할 때는 잠시 쉬거나 한숨 푹 자고 나면 풀리지만, 뇌 피로는 오기 전부터 푸는 방법이 완전히 다릅니다. 뇌 피로의 최고 명약은 명상입니다. 뇌는 우리 몸의 2%에 불과하지만 에너지는 20%를 사용하는 대식한입니다. 뇌는 24시간 365일 평생을 써야 하기 때문입니다. 뇌 에너지 사용량 중 60~80%가 DMN에 의해 사용됩니다. 이 회로는 우리가 쉴 때는 물론이고 자는 동안에도 활동을 하며 뇌의 광범위한 부위에 산재되어 있습니다.

안쪽 전전두엽

안쪽 두정엽

바깥 전전두엽

바깥 두정엽

바깥 측두엽

소뇌

우반구 안쪽

좌반구 바깥쪽

보시다시피 DMN은 뇌에 상당히 넓게 분포되어 있으며, 에너지 소비량도 많을 수밖에 없습니다. 그리고 최근엔 DMN의 창조성에 대한 연구 보고가 많아지면서 그냥 에너지 소비가 아니라 긍정적 측면도 많이 부각되고 있습니다.

일을 하지 않고 쉴 때에도 뇌는 온갖 잡다한 생각으로 바쁩니다. 소위 말하는 잡념입니다. 우리가 집중해서 일을 할 때에도 DMN이 불쑥 튀어나와 방해를 합니다. 에너지 소비가 많을 수밖에 없습니다. 뇌 피로의 원흉이 바로 DMN 잡념입니다. 해법은 단연 명상입니다. 지금 미국 대기업에서 선풍적인 인기를 끌고 있는 것은 마음챙김명상입니다. 명상이 대체로 그러합니다만 여기에선 특히 '지금 여기Here & Now'를 강조합니다. 이제 와서 어쩔 수 없는 과거에 매달리지 말고, 그렇다고 아직 닥치지도 않은 미래에 겁먹고 불안해하지 말고 오직 지금 이 순간에 집중하자는 것입니다. 지금 이 순간에 온전히 집중할 수 있다면 과거나 현재에 잡념이 생길 여유가 없습니다. 보조 요법으로선 일단 뇌가 좋아하는 걸 합니다.

[뇌가 좋아하는 것]

① 새로운 것 : 새로운 일, 취미, 여행

② 지적 호기심을 유발하는 것 : 가슴이 두근거리고 설레는 작업

③ 스트레스 대처 : 스트레스와 싸울 생각하지 않기

④ 적절한 운동 : 뇌를 상쾌하게 하고 생활습관병을 예방(단, 강도 높고 짧은 운동은 자제)

⑤ 높은 이상과 목표를 설정하기

⑥ 적당한 제약 : 뇌는 제약을 좋아하지만 너무 자유분방한 작업도 혼란

여백
증후군

남미 에콰도르 강변, 미국 사업가가 바쁘게 여행을 하고 있습니다. 초라한 배에 한 어부가 꾸벅꾸벅 졸고 있습니다.

어부를 딱히 여긴 미국 사업가는 "고기를 더 잡지 않고 왜 그러고 있소?" 하고 물었습니다. 놀란 어부가 힐끗 쳐다보더니 대꾸했습니다.

"더 잡으면 좋은 일이라도 있소?"

"돈을 더 벌지요."

"더 벌면?"

"큰 배도 사고 좋은 그물도 사서 많이 잡으면 돈 걱정 없이 느긋하게 낚시를 즐기면서 한가로이 살 수 있을 것 아니겠소."

어부는 기가 차서 말했습니다.

"내가 지금 그러고 있잖소. 당신이 내 낮잠을 방해하기 전까진."

비즈니스의 어원은 '바쁘다Busy'는 말에서 유래되었다고 합니다. 비즈니스맨은 기본적으로 바빠야 합니다. 실제로 사업이 잘되느냐고 물을 땐 "Busy?"라고 말합니다. "응, 바빠!" 하면 잘된다는 뜻입니다. 반대로 "Slow"라고 하면 장사가 잘 안된다는 뜻입니다. 밀려오는 손님으로 밥 먹을 시간도 없을 때 '즐거운 비명'을 지른다고 합니다. 그래야 만족하고 안심합니다. 정말 그럴까요? 그렇게 생각한다면 당신도 '여백 증후군'입니다. 수첩에 빈칸이 있으면 불안해 어쩔 줄 모르는 사람입니다. 무슨 큰일이나 놓친 듯, 삶에 큰 구멍이나 난 듯 안절부절못합니다. 이걸 일명 '이러면 안 되는데!' 증후군이라고 합니다. 어떻게든 수첩에 일정을 빽빽하게 메워야 비로소 안심이 됩니다.

그렇습니다. 한가롭게 사는 사람에게 이 세상은 참으로 냉정하고 냉혹한 곳입니다. 바삐, 정신없이 달려야 합니다. 열심히 살아야 합니다. 치열한 삶이어야 합니다. 하지만 우리가 잘 알다시피 인간은 기계가 아닙니다. 기계도 과열되면 고장이 나는 법인데, 이렇게 바빠서야 뇌라고 성할 리 없습니다. 휴식 없이 달리면 뇌가 열을 받습니다. 실제로 뇌 온도를 측정해본 많은 연구가 있습니다. 뇌에 열이 나면 정교하게 얽혀 있는 뇌신경망이 제대로 돌아가질 못합니다. 주의 집중은 물론 계산도 제대로 되지 않습니다. 이때 처방은 잠시의 휴식입니다. 뇌를 식혀야 합니다. 뇌과학에선 '쿨 다운Cool Down'이라고 합니다. 냉각수로 열을 식혀야 자동차 엔진이 제대로 작동하는 원리와 똑같습니다.

우리는 일상에서 '열 받는다'고 말할 때가 있습니다. 그땐 어떻게 하나요? 밖의 찬 공기를 쐬기도 하고 찬물로 세수도 하고 찬 수

건으로 머리를 식혀줍니다. 모두 쿨 다운 기법들입니다. 이럴 때 가장 확실한 방법은 휴식입니다. 수첩엔 간간히 여백도 있어야 합니다. 바쁘면 상상력도 솟아나지 않습니다. 바쁘면 인간관계도 메말라버립니다. 모든 인간관계는 일정한 시간과 여유가 필요합니다.

가까운 공원이나 산에 가는 것도 좋은 방법입니다. 아무 일 말고 그냥 멍하니 산만 바라보고 계십시오. 그게 바쁜 당신에게 내가 내릴 수 있는 처방의 전부라는 것을 잊지 마십시오.

바빠야 즐거운 비명이 나온다지만 그러다 진짜 큰 비명을 질러야 할 수도 있습니다. 몸이 구급차를 부르게 합니다. '일과 생활의 균형Work Life Balance, WLB'이라는 말을 들어보셨지요? 열심히 일하면서 삶을 여유롭게, 일과 삶 사이에 균형이 잡혀 있어야 합니다.

여백 증후군의 응급 처방은 짧은 시간의 명상입니다.

달라이라마 경의
공헌

명상이 미국에서 대중화된 데는 달라이라마 경의 공헌이 절대적입니다. IVY리그 대학을 중심으로 한 New England Frontier Science Group에서 매 2년마다 달라이라마 경을 초청하여 심층면담을 비롯한 온갖 검사를 2주에 걸쳐 실시합니다.

검사 결과 놀라운 사실을 발견했는데, 그가 명상을 하지 않을 때에도 명상을 하고 있는 뇌와 똑같은 현상이 나타난다는 것입니다. 명상의 뇌과학에 대해서는 많은 선행연구가 발표되었는데, 이 그룹이 달라이라마 경의 뇌 검사에서 발견한 것은 아욕 我慾의 중심인 후대상피질의 기능이 없어질 뿐 아니라 기관 자체가 퇴화되고 없어졌다는 사실입니다. 보통 사람은 명상을 해도 욕심이 줄어들거나 이타적으로 되기가 쉽지 않은데 경의 뇌 소견은 참으로 놀라운 일입니다.

호기심 많은 미국 연구원이 티베트 사원을 찾아갑니다. 연구원들은 검사를 위해 명상 수련이 잘된 스님을 추천해달라고 사원의 원장에게 건의합니다. 원장은 사원 안에 붉은 옷을 입은 사람들 누구든지 잡고 검사하라고 했습니다. 30여 명을 검사했는데, 놀랍게도 달라이라마 경에게서 나타난 소견과 일치했습니다. 그래서 내린 결론으로 '명상은 더 이상 동양의 신비가 아닌 증명된 과학'이라고 천명하기에 이릅니다. 그 이후 대기업을 비롯하여 다양한 곳에서 마음챙김명상이 붐을 일으켰습니다. 아욕의 중심인 후대상피질이 약해진다는 건 어떤 의미일까요?

후대상피질과 도파민중추

이 명상의 제일 큰 효과는 아욕我慾의 중심인 후대상피질의 기능이 약해지면서 이타적으로 된다는 사실입니다. 바로 아래 변연계에는 쾌락중추인 도파민센터가 있어 후대상피질의 욕심중추가 자극되어 쾌락을 얻기 위해 충동질합니다. 그러나 명상을 통해 아욕의 중심인 후대상피질의 기능이 약해지면, 욕심 대신 이타성이 늘어나게 됩니다.

미국 기업이 앞 다투어 명상을 권하는 것은 미국 기업 내 살벌한 경쟁 의식을 줄여보자는 계산이 깔려 있습니다. 질투, 모함하는 경쟁 상태가 아닌 진정한 직장 동료로서 서로 돕고 협조하는 직장 분위기로 만들겠다는 것입니다. 물론 명상을 하면 스트레스 경감, 편안함 창의력 향상이라는 부가 가치에 더해 동료 간의 화목이 기업의 발전에도 큰 도움이 될 것입니다.

자연치유 와식명상

이지형

〈 7장 〉

자연과 교감하면
그것이 명상

새벽 산을
어슬렁거리며

상쾌한 새벽입니다. 발아래 새벽안개가 자욱이 위로 밀려오고 있습니다. 산골짝은 신비스러운 남색의 은장막으로 덮여 있습니다. 아! 새벽의 이 장엄하고도 신비스러운 색깔, 새벽의 여명이 너무 아름답다고 문제가 될 게 있을까요?

희뿌옇게 밝아오는 여명과 함께 세상이 열리고 있습니다. 우주가 천지개벽한 아침이 이러했겠지요? 이 장엄한 순간을 지켜보는 것만으로 우린 오늘 새벽 축복받은 출발을 하게 된 것입니다. 지금 이 시간 도심, 집에 있었다면 무엇을 하고 있을까요? 잠? 아니면 신문이나 TV 시청? 거기다 담배 한 대 꼬나물었겠지요? 이 축복받은 아침에 그런 일들로 머리를 오염시키다니 끔찍한 일 아닌가요? 도대체 얼마나 오래 우린 그런 생활을 이어왔나요? 그래도 그간 비워둔 도심생활이 궁금합니까? 나 없이 잘 돌아갈까 걱정이 됩니까?

장쾌한 새벽안개를 보십시오. 이제 우린 선경仙境에 와 있습니다. 맑디맑은 우주의 기운이 우리 허리를, 온몸을 감싸 흐르고 있습니다. 몸과 마음이 티 없이 맑아지는 걸 느낄 수 있습니다. 크게 조용히 심호흡을 해보십시오. 이 맑은 산속의 공기를, 우주의 맑은 혼을 들이마셔보십시오.

이제 자연치유명상을 하는 시간입니다.

홍천 산속 깊이 있는 건강 마을, 선마을엔 '자연명상'이라는 시간이 아주 인기입니다. 계절에 따라 융통성이 있긴 합니다만 새벽 6시 유르트에 모여 아침 체조를 간단히 마친 후 산행을 떠납니다. 약 2시간 진행되는 자연명상은 산의 이곳저곳을 어슬렁거리며 인간과 자연이 하나로 이어져 있음을 일깨우는 소중한 시간입니다. 비가 오나 눈이 오나 진행됩니다. 눈 속에서 맨발로 대지명상을 할 때엔 발이 얼어붙습니다. 그래도 누구 하나 불평하는 이가 없다는 게 참으로 신기하고 고맙습니다. 그만큼 우리가 자연과 동떨어진 생활을 해왔구나 하는 깊은 자성에서 오는 인내와 이해 때문이 아닌가 하는 생각이 듭니다.

자연명상이라곤 했지만 깊은 명상은 아닙니다. 사색명상이라는 편이 어울릴 것 같습니다. 지도자는 간간히 힌트를 줍니다. 인간과 자연, 산, 우주, 삼라만상이 하나로 이어져 있다는 생각을 하고 거기서 깊은 사색을 유도하는 형식입니다. 지도자는 힌트만 줄 뿐 사색은 각자의 몫입니다. 그리 길지 않은 시간이지만 저마다 깊은 상념에 빠지기도 하고 명상의 경지에 들기도 합니다. 나무를 안고 조용히 눈물을 흘리는 사람도 적지 않습니다. 매트나

잔디에 누워 하늘을 보는 시간도 상당히 인상적인 것 같습니다. 아주 그대로 누워 일어나려 하지 않는 이도 더러 있습니다.

"무슨 생각을 하셨기에 일어날 생각을 안 하십니까?"

"별 생각한 것도 없는데…… 괜히 슬퍼 주책없이 눈물이 흘러 일어날 수가 없었습니다."

많은 생각이 오가겠지요. 진행되는 마당에 따라 장소를 옮겨가며 하게 됩니다. 산 중턱에 오르는 고비는 제법 숨이 찹니다. 거기서 잠시 스태프가 준비해간 차나 커피 한 잔을 곁들입니다. 새벽 산의 커피 맛은 참으로 남다릅니다. 산행을 마치고 돌아온 일행의 표정이 하나같이 부드럽습니다. 깊은 상념의 세계에서 아직 빠져나오지 못한 것 같습니다.

이 시간이 좋아서 일 년에 몇 차례 다녀가는 사람도 적지 않습니다. "이제야 산을 알 것 같습니다!", "이게 산이지!", "처음으로 산의 진수를 맛보았습니다!", "철학자가 된 듯한 기분입니다." 저마다 소감은 달라도 산의 의미가 나름대로 가슴에 새겨진 것 같습니다.

입산 의식을
치르겠습니다

이만치서 산을 올려다보십시오. 멀거니 건성으로 보면 산은 그저 산일 뿐입니다. 마음을 열고 찬찬히 보아야 산이 산처럼 다가옵니다. 내가 정신없이 분주하게 뒷골목을 누빌 때는 산이 나를 내려다보고 있지만 한가로이 여유를 갖고 볼 땐 내가 산을 보게 됩니다. 이제 막 새벽 물안개가 꽃 피어오르듯 산정을 향해 조용히 오르고 있습니다. 이것만으로도 산은 정녕 신비하기만 합니다.

우리 조상은 대대로 이 산을 의지해 살아왔습니다. 산나물에서 땔감, 물, 먹을 식자재까지 우리에게 산은 생명 그 자체입니다. 그래서 우리 조상에겐 영산 신앙이 돈독할 수밖에 없습니다. 산을 신령스러운 곳으로, 무한한 외경심으로 바라보곤 했습니다. 나물 한 뿌리를 뜯어도 한없는 감사와 함께 조심스러워했습니다. 삶의 터전을 함부로 할 순 없습니다. 우리 조상은 진짜 산신령이 있다고 믿었습니다.

등산이란 말도 쓰지 않았습니다. 그 신령스러운 산을 밟고 오르다니, 불경스럽기 그지없는 일입니다. 입산, 산에 든다고 했지요. 엄마 품처럼 포근한 산의 품 안에 안겨 순한 어린이가 되었습니다. 산을 아끼고 사랑하는 마음이 각별할 수밖에 없지요.

여름에 낫을 든 자는 산에 들게 하지 말 것이며

코가 작은 그물을 든 자는 개울에 넣지 말라.

다산 선생의 어록에 나오는 엄중한 경구입니다. 요즈음 개발에 굉음을 울리는 불도저광이 들었으면 좋겠습니다. 내 몸을 아끼듯 소중히 가꾸라는 뜻입니다.

우린 이제 이 고마운 산에 들려고 합니다. 한없는 외경심과 고마움을 가슴 가득 담고 입산하도록 하겠습니다.

산행은 명상이라고 여러 차례 말했습니다. 여럿이 함께 산을 오르지만 나 혼자라는 생각을 하기 바랍니다. 여럿이 즐거운 산책을 하는 기분과는 사뭇 다릅니다.

몇 가지
과제

산에 들면서 몇 가지 과제가 있습니다. 여느 때와는 좀 다른 산행이었으면 좋겠습니다. 우리는 산에서도 경쟁 의식이 곧잘 발동하곤 합니다. 거의 습관이 되어버린 것 같습니다. 숨 쉴 여유 없이 앞사람 뒤통수만 바라보고 오르내리니 산 경치 하나 변변히 돌아볼 여유가 없습니다. 천하 명산을 다녀와도 우리에겐 이야깃거리가 없습니다.

쉬엄쉬엄 쉬어가며 발아래 경치도 내려다보고 개울에 앉아 도시락도 나누어 먹고 정겨운 대화를 조용히 나누다 내려오면 될 일인데, 마치 경쟁이나 하듯 꼭 산정에 올라야 하는 건가요? 어슬렁거리다 시간이 되면 내려오는 거지요. 정상을 안 간다고 경찰이 잡아갑니까? 왜 기를 쓰고 올라야 하나요? 좀 찬찬히 생각을 가다듬으며 산행을 했으면 좋겠습니다.

첫째, 무엇보다 우리는 산에의, 자연에의 외경심, 감사함을 다시 한 번 일깨워야겠습니다.

둘째, 자연을 느끼는 시간입니다. 그냥 보고 듣고 좋다고 느끼는 것만으로는 감동이 일어나지 않습니다. 온몸에 전율이 올 정도의 감동이라야 뉴런의 소포에서 감동물질이 터져 나와 온몸의 세포에 감동 반응을 일으킬 수 있습니다.

시냅스 소포

세로토닌

재흡수

신경절 간

후(後)신경절

신경세포

축색

신경 말단 부분

뇌신경세포의 전달

여기서 잠시 감동의 뇌과학을 살펴보겠습니다. 산행은 감동의 연속입니다. 이럴 때 우리 뇌 속에는 어떤 일이 일어날까요? 뇌 속에는 50여 종의 신경전달물질(호르몬)이 있습니다. 우리가 어떤 마음을 먹느냐에 따라 신경세포의 작은 주머니 속 호르몬 분비가 달라집니다. 터져 나온 호르몬이 신경세포 사이 시냅스로 방출, 다음 신경세포로 릴레이식으로 전달되어 우리 몸에는 그에 따른 반응이 달리 나타납니다.

산에 오면 잔잔한 감동이 일어납니다. 마음이 차분하고 편안해집니다. 이때 뉴런에서 세로토닌이 분비됩니다. 세로토닌 소포가 터지는 것이죠. 이것이 터져야 감동 반응이 온몸에 조용히 일어납니다. 이것이 감동의 뇌과학입니다. 이것을 터뜨리는 것은 각자의 몫입니다. 건성으로 산행을 하면 터질 리가 없지요. 아무런 감동이 일어나지 않습니다. 산 맛을 느껴야 합니다. 그래야 감동물질, 세로토닌이 분비됩니다.

셋째, 자연과 인간을 생각해보는 시간입니다. 긴 설명이 필요 없습니다. 생각할수록 자연에게 미안하고 부끄럽습니다.

넷째, 자연과 조용히 대화를 나누어보는 시간입니다. 마음의 문을 열고 조용히 대화해보십시오. 자연은 우리의 상상을 초월할 만큼 감응이 예민하다는 걸 알 수 있습니다.

다섯째, 자연으로부터 무엇을 배울 것인가를 생각해보는 시간입니다. 자연은 우리에게 위대한 스승입니다. 자연은 그대로가 교실이고 자연 현상 어느 것 하나 교훈적이지 않은 것이 없습니다.

여섯째, 자연과 하나되는 시간입니다. 이런 과정을 통해 우리는 자연과 하나가 됩니다. 그리고 우주와의 일체감을 갖게 됩니다. 우주의 삼라만상은 떨어져 있는 것 같으면서도 서로가 이어져 있는, 우리는 모두 하나의 운명 공동체임을 확인할 수 있습니다.

일곱째, 자연 속에서 나를 만나는 시간입니다. 바쁜 생활에 쫓기다 보면 내가 지금 어디로 가고 있는지, 이대로 가면 되는 것인지, 이게 정녕 내가 원하는 인생인지 생각해볼 여유가 없습니다. 잠시 걸음을 멈추고 한 번쯤 내 자신을 돌아보는 시간을 갖자는 겁니다.

여덟째, 자연의 정기를 듬뿍 받는 시간입니다. 숲은 신령스러운 우주의 정기로 가득합니다. 가슴 가득 깊이 호흡하노라면 온몸이 우주의 정기로 샤워를 하는 느낌을 받습니다. 지치고 활력을 잃은 60조 개의 세포 하나하나가 신선한 기운으로 넘쳐나는 걸 느낄 수 있습니다. 지금 내 뺨을 스치고 지나는 찬 기운을 느껴보십시오. 이게 우주의 기운입니다. 이게 자연력自然力입니다. 위대한 우주가 인간에게 주는 선물이죠.

자연의 축복 속에 의미 있는 시간이 되었으면 좋겠습니다.

자연에의
외경심을!

산이 보입니까? 산에 들어와도 산이 보이지 않는 사람도 더러는 있습니다. 산을 둘러보십시오. 이 산은, 이 숲은 그리고 저 바위는 언제부터 여기 이렇게 있었을까요? 그리고 나는? 생각이 여기까지 미치니까 기분이 묘하지요? 우리 조상은 산을 바라보면서 인생무상의 경지를 깨치곤 했습니다.

숲을 둘러보십시오. 은은한 숲 향기, 숲의 신령한 영기를 느껴보십시오. 깊고도 무거운 신비스러운 기운을 느낄 수 있습니다. 저 깊은 숲속에 우주의 울림이 잠겨 있습니다. 바쁘면 보이지도 들리지도 않습니다. 천천히! 그리고 찬찬히 둘러보십시오.

자연은 자신이 사는 곳 주변을 언제나 깨끗이 유지합니다. 들짐승도 제가 사는 둥지를 더럽히지 않습니다. 자연은 공해를 발생시키지 않습니다. 연료를 태워 고열 처리를 안 해도 자연은 상온에서 인간이 만든 어떤 것보다 우수한 제품을 만들어냅니다. 인간이 비행기를 만들기 훨씬 이전부터 새는 하늘을 날고, 잠수함 이전에 고기는 물속을 헤엄쳐 다녔습니다. 사고도 없이. 이게 자연의 힘입니다. 자연은 서로 협력하고 조화롭게 살아갑니다. 숲을 이루고 있는 나무, 풀, 이끼, 새, 곤충들은 효율적인 재활용 조직으로 평화롭게 공생하고 있습니다. 만약, 어느 하나가 욕심을 내다가는 순환의 질서가 파괴되어 결국 모두가 공멸하고 맙니다. 그런 종은 지구상에 이미 멸종하고 말았습니다. 썩은 나무 둥지도 온갖 짐승들의 먹이가 되고, 집이 되고 그리고 그 위에 또 새 나무가 자라고 있습니다. 사멸은 새로운 창조의 시작입니다. 이게 자연계의 위대한 질서입니다.

문제는, 유일하게 인간이라는 종입니다. 인간만이 자연을 파괴하고 착취할 뿐, 돌려주는 것이 없습니다. 이윽고 지구가 인간이란 동물과의 공생을 못하겠노라고 경고를 보내고 있습니다. 크게 몸살을 앓고 있습니다. 불길한 징조가 도처에 나타나고 있습니다. 인간세계의 끝없는 이기적 욕심, 무한 경쟁이 자연을 파괴하고 있습니다. 자연 없이 인간이 존재할 수 있을까요? 다시 한번 자연에의 외경심, 감사함을 일깨워야겠습니다. 도시의 피로에 지친 우리 심신을 이 위대한 자연은 말끔히 치유해줍니다.

바위부터
만난다

산에 들면 여기저기 떡 버티고선 바위가 먼저 눈에 들어옵니다. 희끄무레한 어둠 속 곳곳에 지긋이 버티고 있는 믿음직한 바위들은 나이를 묻기가 송구스러울 정도로 까마득한 옛날부터 여기 이렇게 버티어 왔겠지요. 바삐 스치고 지나는 사람들을 물끄러미 바라보곤 했겠지요.

바위는 말이 없습니다. 산이 조용한 것은 바위의 무거운 침묵 때문입니다. 산이 든든하고 믿음직스럽고 만고불변의 칭송을 듣게 된 것도 어쩌면 저 바위들이 산을 든든하게 지탱해준 음덕이 아닐까요. 수만 년의 세월이 흘러도 저 바위들은 저기 저렇게 믿음직스럽게 버티고 섰겠지요. 멀리서 보면 온통 산은 숲으로 덮여 있어 나무가 산의 주인인 듯싶지만 막상 가까이 와보면 주인은 다름 아닌 바위들이 아닌가 싶습니다. 나무들은 겨우 바위 틈새를 비집고 셋방살이 하듯 살고 있는 형국입니다.

그래도 녀석들은 워낙 키가 커서 뽐내고 흔들어대는 통에 온통 산이 제 것인 양 거들먹거립니다. 그래도 시샘하거나 생색을 내지도 않는 게 바위들입니다. 건들거리는 나무 그늘에 가려 보이지 않아도 애써 보이려고 목을 길게 뻗지도 않고 제 생긴 그대로

둥글둥글하게 제자리를 지키고 섰습니다. 바위와 마주하면 말이 없어집니다.

심심한데 옛날 바위한테 들은 이야기 한마디 하고 가렵니다.

해거름한 가을 들판을 바삐 지나 겨우 산허리에 들어선 선비가 길가 큰 바위에 걸터앉아 잠시 땀을 식힙니다.

"노형, 어디로 가는 길이오?"

바위는 그 선비의 바쁜 사연이 궁금했습니다.

"행복을 찾아 가는 길이외다."

선비의 응답에 바위가 또 묻습니다.

"그래 찾았소?"

선비가 뭐라고 대답을 하는데, 아뿔싸 때마침 불어온 가을바람, 우수수 낙엽 지는 소리에 들리지 않습니다. 겨우 바람이 멎었을 때 낙엽을 헤집고 바라보니 선비는 벌써 저만치 고갯마루를 바삐 넘어가고 있습니다.

"쯧쯧, 좀 더 쉬다 갈걸, 뭐가 그리 급한가. 가을 해가 짧은데 저 높은 고갯길을 잘 넘어야 할 텐데."

바위는 못내 아쉽기만 합니다.

자연을 느끼는 시간

오감을 열고 자연을 느껴보세요. 평소 도심에서 그냥 무심코 지나쳐버린 소중한 것들을 가슴으로 느껴보는 시간입니다. 길가에 핀 꽃, 나뭇잎, 새소리, 물소리, 하늘, 구름…… 숲속의 신령스러운 기운까지. '느낌의 즐거움을 느껴보는' 시간, 감동의 시간입니다. 거기서 오는 잔잔한 감동이 도심의 메마른 감성을 풍요롭게 해줍니다. 그냥 산이 좋다는 것만으로는 안 된다고 했지요. 가슴이 찡하게, 온몸에 전율이 흐르게 감동을 해야 합니다.

'오감이 열리다니?'

그게 무슨 뜻이냐고 묻는 사람이 더러 있습니다. 우리가 사는 도시생활을 생각해보면 바로 알 수 있습니다. 하수구 냄새, 옆 사람 땀 냄새에 코를 막습니다. 꼴 보기 싫은 일에 눈을 감습니다. 클랙슨 소리, 휴대 전화 소리에 귀를 막습니다. 사람과의 접촉이 싫어 혼자 앉습니다. 모든 감각 기관을 다 닫고 막고 사는 게 도시생활입니다. 그것만이 아닙니다. 잠시 외출하는데도 이중, 삼중으로 문을 잠급니다. 이웃과 인사도 하지 않고 마음까지 닫고 사는 참으로 답답한 생활입니다. 열려 있는 것은 오직 비상감시 체제, 소매치기, 치한, 경쟁, 짜증……. 잠도 편치 않습니다. 바스락 소리에도 '도둑인가?' 바짝 긴장을 해야 합니다. 우린 이걸 스트레스라 부릅니다. 놀아드레날린, 교감신경 긴장의 연속입니다. 도시생활은 그 자체로 스트레스입니다. 잠시도 감시와 긴장의 끈을 늦추어서는 안 됩니다. 바짝 긴장하고 정신 단단히 차려야 합니다. 어물쩍하다간 코 떼일 세상입니다. 도시인의 만성 피로는 이렇게 찾아옵니다.

산에서는 어떻습니까? 오감이 열린다는 뜻이 이해가 되지요? 당장 공기가 달지 않습니까? 물소리, 바람소리가 들리고 푸르름이 보입니다. 오감이 절로 열립니다. 그러면 감성과 창조의 보고, 우뇌가 열립니다. 이보다 더 좋은 자연치유제는 없습니다.

낙엽 위에 편안히, 이 숲속에 나 홀로인 양 앉아보십시오. 굳이 명상자세가 아니어도 좋습니다. 먼저 듣기부터 해볼까요. 눈을 감고 오직 들리는 소리에만 주의를 기울여보십시오. 새소리, 물소리, 바람 소리, 자세히 들어보면 같은 것 같으면서 같지 않은 흔들림이 절묘한 조화를 이루고 있습니다. 전문용어로는 '1/f 리듬'이라고 해서 불규칙적이면서 규칙적이고, 규칙적이면서 불규칙적인 이런 소리가 인간을 가장 편안하게 해준다고 합니다. 이게 자연이 만들어내는 자연의 조화, 자연의 신비입니다.

어느 순간 정적의 소리도 들립니다. 정적의 소리, 들어보셨나요?

너무 고요해서 마치 어떤 신비한 소리가 저 숲속 깊숙이에서, 아니면 저 하늘가에서 들리는 듯합니다. 그게 우주의 울림이라고 나는 믿고 있습니다. 그지없이 마음이 편안합니다. 이러는 순간 우주와 내가 하나가 됩니다.

개울가에 앉아

천천히 개울가로 걸음을 옮깁니다. 바위 바위마다 작고 큰 폭포를 이루며 물은 줄기차게 아래로 아래로 흘러내려 갑니다. 왜 물은 아래로만 흐를까요? 그래서 노자도 '물은 항상 아래에 있다. 물은 도에 가깝다'고 예찬했겠지요. 물은 언제나 자세를 낮춘 겸손함을 일컬음입니다.

하지만 물이 언제나 순하지만은 않습니다. 특히 골짝 물은 변덕스럽기 그지없습니다. 작은 비에도 그만 넘쳐 온 골짝이 그대로 폭포를 이룹니다. 갑자기 불어난 물이 마치 서서 덮치는 통에 손 쓸 새 없이 급류에 휩쓸리기도 합니다. 무서운 물입니다. 하지만 어젯밤 그렇게 온 산을 삼킬 듯 요동을 치던 것과 다르게 오늘 아침은 언제 그랬느냐는 듯 평소처럼 얌전합니다.

작은 폭포엔 물보라가 일지요. 떨어지는 물의 파동과 함께 기화 과정에서 생기는 엄청난 음이온이 숲속의 피톤치트와 함께 찌든 심신을 목욕시켜줍니다. 상쾌합니다. 물에 발을 담그면 그 청량감이 온몸을 감돌아 흐릅니다. 선계仙界가 어드멘가. 한나절 세월을 잊고 앉았습니다. 산이야 어디서나 신선하고 상쾌한 기운으로 넘쳐납니다만 특히 개울가 작은 폭포 근처에선 그 신선한 기운이 몸에 젖어오는 것 같습니다.

도심의 사무실은 음이온 제로 상태입니다. 들어서는 순간 머리가 띵한 것은 업무에서 오는 스트레스라기보다 음이온이 없기 때문입니다. 컴퓨터 화면의 양이온이 그나마 있던 음이온도 흡수, 중화시켜버립니다. 환기 잘 된 빌딩이라도 산속의 개울가만이야 하겠습니까.

물소리의
리듬

이제 한 가지 소리에만 집중해보겠습니다. 산소리가 어찌 한 가지뿐이랴만 우선 제일 크게 들리는 물소리부터 귀 기울여보십시오. 조용히 듣노라면 세월 가는 소리가 들립니다. '세월이 저렇게 흐르는구나' 하는 생각을 하게 됩니다. 나이 탓일까요? 개울물 소리가 어찌 세월 가는 소리로 들릴까요? 그렇게 들리지 않고 개울물의 즐거운 합창으로 들린다면 그건 축복입니다. 아무리 들어도 덧없이 흐르는 세월만 같다면 연륜이 제법 깊었다는 뜻입니다. 하지만 세월이 덧없이 흘러가는 게 아니라, 우리가 세월을 덧없이 흘려보내고 있는 건 아닌지 되돌아봐야겠습니다.

한참을 더 듣노라면 이 생각 저 생각 없이 차츰 소리와 내가 하나로 되는 일체감을 느낄 수 있습니다. 완전한 집중이 주는 축복입니다. 그지없이 마음이 편안합니다. 흐르는 물에 모든 오염이 말끔히 씻겨 내려가고 청량한 기분이 됩니다. 맑고 고운 심성이 내 속에 메아리칩니다.

좋은 음악을 듣노라면 우리는 그 속에 빠져듭니다. 완전히 음악과 내가 하나가 되는 순간이 옵니다. 내 존재감마저 없어진 완전 일체감입니다. 그래도 흐르는 물 같지는 않습니다. 아무리 좋은 음악도 사람이 만든 이상 자주 듣노라면 지겨울 수도 있습니다. 하지만 자연은 그 점에서 다릅니다. 온종일 들어도 지겹지 않은 것이 자연의 소리입니다.

물소리에도 리듬이 있기 때문입니다. 항상 규칙적인 것 같으면서도 자세히 들어보면 불규칙성이 있습니다. 그런가 하면 또 규칙적이고……. 이 리듬이 인간의 마음을 편안하게 해줍니다.

온몸으로 느끼는
바람

바람은 물과 달리 보이지 않습니다. 실체가 없어서일까요. 어쩐지 바람소리는 허허롭습니다. 스산한 가을바람은 물론이고 겨울에 귓전을 때리는 칼바람 소리는 무섭기까지 합니다. 온 세상을 집어삼킬 듯한 폭풍은 두고서라도 바람소리가 우리 심신과 알맞은 톤으로 들리기란 쉽지 않은 것 같습니다. 다행히 숲속 바람은 대체로 잔잔해서 산의 운치를 한결 더해줍니다.

그리고 따뜻한 봄바람도 일품이지만 뭐니 뭐니 해도 바람의 진수는 땀 흘려 오른 정상의 시원한 바람이겠죠. 정상의 시원한 전망과 함께 바람은 속까지 확 트이게 해주는 청량제입니다. 도심에 찌든 먼지, 오염까지 온몸의 세포에서 말끔히 씻어내줍니다.

일에 쫓길 때, 삶에 지칠 때 잠시 밖으로 나와 바람을 쐬어보십시오. 뺨을 스치는 산들바람이 마치 지구의 숨결이 닿는 느낌입니다. 날리는 옷자락, 머리카락 그리고 저 높이 조용히 바람에 실려 하늘을 나는 독수리의 비상, 나부끼는 깃발, 나무도, 구름도…….
바람 없는 세상은 얼마나 멋대가리 없고 무미건조할까요?

만물이 조용히 바람에 일렁입니다. 바람은 삼라만상에 상쾌한 기운을 불어넣고 있습니다. 조용히 깊이 호흡하며 내 가슴 깊은 곳에까지 이 상쾌한 기분이 젖어들게 해보십시오.

'아! 상쾌하다.'

온몸의 세포의 외침이 들립니다.

바람 부는 언덕에 가슴을 열고 서면 세상 모든 근심이 바람에 날아갑니다. 내 속 구석구석이 확 트이면서 시원한 바람이 일렁입니다. 설령 바람이 없는 날에도 조용히 걸으면 실낱같은 흐름을 느낄 수 있습니다. 여름밤 한더위에도 살며시 피부를 스치고 지나는 우주의 가느다란 숨결을 느낄 수 있습니다. 가만히 주의를 기울이면 온몸을 감싸고도는 싸늘한 듯한 밤의 기운을 느낄 수 있습니다.

웃통을 벗어보세요(다 벗는 게 좋습니다만). 피부를 스치고 지나는 바람결이 간지럽습니다. 뺨을 스치는 실낱같은 바람을 느껴보세요. 갇힌 피부가 숨을 쉬기 시작합니다. 피부로도 호흡을 한다는 사실을 아시는지요? 물에 잠겨 있노라면 가슴이 답답합니다. 피부가 호흡을 못하기 때문입니다.

도심의 문명이라는 괴물은 사람을 숨도 못 쉬게 만듭니다. 한여름에도 긴팔 셔츠에 정장, 그도 모자라 넥타이까지 조여 매니 보기에도 답답합니다. 실제로 이런 상태는 피부 호흡을 방해하여 질식 상태와 다르지 않습니다. 최근 피부병이 부쩍 느는 것도 이와 무관하지 않습니다. 선마을에서 풍욕을 권하는 것도 그래서입니다. 여름철 더우면 옷을 훌렁 벗어던지게 되니 절로 풍욕이 됩니다. 피부 호흡을 할 기회가 많아집니다.

문제는 겨울입니다. 추우니까 숨쉬기조차 거북할 정도로 두껍게 껴입습니다. 겨울 피부 건조증의 원인이기도 합니다. 풍욕의 진수는 겨울입니다. 밖에서 옷을 벗고 담요로 감싼 후 잠시 담요를 젖히고 찬바람을 쐬는 동작을 반복합니다. 피부 호흡은 물론이고 찬 기운이 면역력 강화에도 큰 도움을 줍니다.

새벽을 여는
새들

이번엔 새벽잠을 깨운 새들의 합창을 들어보겠습니다. 산골의
적막을 깨우는 선두주자가 새들의 지저귐입니다. 시끄럽고 야단
스럽지요? 새들은 동녘이 훤하기도 전, 우주가 열리는 순간부터
지저귀기 시작합니다. 그리고 어두우면 조용히 잠자리로 돌아가
는, 우주의 리듬과 함께하는 조화로운 생활을 합니다. 새들의 지
저귐은 자연의 소리요, 우주의 리듬 그대로입니다. 새소리와 함
께 시작된 우리의 오늘 하루도 우주의 리듬을 타고 있습니다. 새
소리와 함께 생명의 흐름, 조화, 화음으로 공명하고 있습니다. 새
들이 넓은 산을 두고 사람이 사는 근처에 와서 우리의 하루를 깨
운다는 것도 우연이 아닙니다. 다 같이 노래하고 약동하는 아침
을 함께하자는 자연의 초대요, 화음이 아니고 무엇이겠습니까?
이 가지 저 가지로 잠시도 쉬지 않고 펄펄 옮겨 다니며 지저겁니
다. 가지를 흔들어대며 회를 치고 한판 잔치마당이 벌어졌습니
다. 우는 것일까요? 서양사람 표현대로 노래하는 걸까요? 하긴
우리는 기쁠 때도 우니까 흥에 겨운 노래도 운다고 표현했는지
모르겠습니다.

자세히 보십시오. 여러 종의 작은 새들이 한데 어울린 마당입니

다. 참새가 제일 많은 것도 같은데 확실치 않습니다. 새들한테 미안하지만 내가 아직 이름을 잘 모르기 때문입니다. 좀 떨어진 곳에서 꾀꼬리 소리도 들립니다. 이놈 목소리는 워낙 밝고 명랑해서 아침을 일깨우는 활력제로선 일품입니다. 꾀꼬리 소리는 아무래도 여럿이 함께 듣는 것이 격이 어울립니다. 새들의 지저귐과 함께 새벽이 열리고, 함께 잠이 깬 산도 인간도 우주의 리듬에 따라 오늘 하루 순리대로 잘 돌아갈 것 같습니다.

자연의 소리는 맹수가 아닌 이상 까마득한 옛날부터 귀에 익은 소리라 뇌를 자극하기는커녕 아주 편안하게 들리도록 훈련이 잘되어 있습니다. 이것이 자연계와 함께 변연계의 공명이란 사실을 이젠 아시죠? 새소리가 정겨운 건 그래서입니다.

꽃을
만나다

심산유곡 깊은 숲속에 꽃이 피고 나비가 난다는 게 신기하지 않습니까? 그리고 누가 본다고 저 바위 뒤에 이리도 아름다운 꽃이 피어 있을까요?

거목과 바위들, 만년이 흘러도 흔들리지 않고 턱 버티고 선 산. 믿음직하고 힘센 부성적인 산입니다. 그런가 하면 그 사이를 비집고 핀 꽃 그리고 하늘거리는 나비는 모성적인 부드러움의 상징입니다. 강함과 부드러움이 절묘한 조화와 균형을 이룬 게 산입니다.

산에 꽃이 없다면 얼마나 쓸쓸하고 황량할까요. 우리가 한국의 잡목림을 좋아하는 건 그래서입니다. 큰 나무 아래 온갖 나무들이 또 하나의 숲을 이룹니다. 꽃도 피고 나비도 찾아들고 새도 지저귑니다. 그리고 여긴 철따라 독특한 고유의 아름다운 계절의 아취가 있습니다. 이보다 더 완벽한 조화는 없습니다. 건너편 잣나무길은 밑바닥이 황량합니다. 녀석들은 심술이 센지 다른 나무들과의 공생을 거절하는 아주 고약한 성미가 있습니다.

꽃 앞으로 가까이 다가서십시오. 조용히 앉아 바라보십시오. 무슨 특별한 생각을 안 해도 됩니다. 그냥 조용히 찬찬히 바라만

보십시오. 순간 마음이 가라앉고 가슴 언저리엔 아름다움이 잔잔히 스며옵니다. 잔잔한 파동이 우리의 거친 마음을 부드럽게 해줍니다. 이게 꽃의 매력입니다. 누구나 꽃 앞에 앉으면 절로 마음이 따뜻하고 내 안에 꽃이 피고 편안한 기분이 된다는 건 과학적으로도 입증되었습니다.

예쁜 꽃, 진한 향기 그리고 한 마리 나비. 참으로 절묘한 조화를 이루고 있습니다. 우리 뇌 속에도 잔잔한 감동의 파문이 입니다. 밝고 편안한 심포닉 모드로 들어갑니다.

말을 건네보세요. 이름이 뭐냐고 물어보세요. "이름을 몰라 미안해" 하며 애교 있는 사과도 하고, 그리고 나도 소개를 해야겠지요. 꽃은 서로를 비교하지도 시샘도 하지 않습니다. 자기 생긴 대로 자기스럽게 피어 있습니다. 진달래는 진달래스럽게, 할미꽃은 할미꽃스럽게, 어느 꽃잎도 하나하나, 이 지구상에 오직! 이것 하나뿐입니다. 하늘은 무한의 가능성으로부터 이 꽃을 이 세상에 뽑아내놓은 것입니다.

참, 한 가지 더 물어보세요. 너는 무슨 사연으로 철따라 여기 이렇게 이 모습으로 피어 있느냐고요. 무슨 사연이 있을까요? 글쎄요, 그냥 그렇게 필 수밖에 없는 게 자연의 섭리 아닐까요.

우주의
기운을

조용히 깊이 천천히 코로 숨을 들이마셔보십시오. 아랫배를 불룩이 앞으로 내밀고 한껏 마셔보십시오. 맑디맑은 우주의 기운이 온몸의 세포 하나하나에까지 스며들도록 조용히 깊이 천천히 숨을 들이마십니다. 그리곤 도심의 온갖 오염물을 남김없이 입을 가늘게 뜨고 내뱉습니다. 숨을 들이쉴 땐 맑은 공기, 피톤치트, 음이온, 향긋한 냄새, 산소만이 아닙니다. 우주에 충만한 온갖 기운도 함께 들이마십니다.

호흡은 생명의 근원이라 호흡이야말로 영적인 운동이 아닐 수 없지요. 호흡을 신성시하는 건 그만큼 생명을 신성시하는 것입니다. 맑은 호흡은 곧 맑은 생명을 의미합니다. 신성한 기운이 온몸에 넘치게 해야 생에의 활력이 넘칩니다.

숲속에 들어선 순간, 신선한 기운을 느낍니다. 거기엔 대자연의 숨결, 대우주의 혼이 스며 있습니다. 우린 이걸 영기靈氣라 부릅니다. 신령스러운 기운이죠. 천천히, 깊이 들이마시면 우주와 하나가 됩니다.

대지의 고동을

대지에 손을 얹어보십시오. 부드러운 감촉을 느껴보세요. 흙 향기를 맡아보세요. 지구의 고동을 느껴보십시오. 귀를 기울여보세요. 창세기 태고의 고동을, 대지의 심음心音을 들어보세요. 힘이 넘칩니다. 대지는 그냥 마른 흙덩이가 아닙니다. 여기가 만물의 생명의 원천입니다. 얼어붙은 대지에도 그 속엔 온갖 씨앗들이 다가올 봄의 움틈을 준비하고 있습니다. 눈, 얼음, 찬 기운을 이겨내고 생명의 파동은 줄기차게 약동하고 있습니다.

풍요로움, 끝없는 인내와 정적, 결코 뽐내지 않는 모母적인 대지, 이제 나와 대지가 하나가 됩니다. 흙에 풀썩 앉아보세요. 그지없이 편안합니다. 이게 뇌과학의 '변연계 공명'이라는 사실, 이젠 알고 계시죠? 인류 태곳적 체험을 다시 하게 되는 감동의 순간입니다. 전두엽의 인간 고유의 고등 기능과 함께 원시적이고 동물적인 하위의 변연계와 공명을 일으킬 때 비로소 감동 반응이 일어납니다. 모적인 대지와의 접촉이 우리의 원시적 감각을 일깨우기 때문입니다.

맨발로 서보십시오. 싸늘한 땅의 기운이 발을 타고 올라옵니다. 온몸이 맑고 힘찬 기운으로 넘쳐나는 걸 느낄 수 있습니다. 조용히 오른발에 체중을 실어보십시오. 호흡도 천천히 깊이 부드럽게 하면서, 발바닥에 닿는 미세한 감각을 느껴보십시오. 체중이 실린 발에 흙, 잔가지, 나뭇잎, 자갈, 모래가 느껴집니다. 은근한 압박감, 가벼운 통증, 그러나 기분이 좋습니다. 상쾌하고 사뿐한 기분입니다. 주의집중을 위해 눈을 감아보는 것도 좋습니다. 모든 신경을 오직 오른발 발바닥 촉각에만 집중해보십시오.

이러는 동안, 아무 생각이 떠오르지 않습니다. 과거의 후회도, 미래의 불안도 없습니다. 오직 '지금 여기'에 집중되는 걸 느낄 수 있습니다. 이제 우리는 깊은 명상의 세계에 빠져들었습니다. 정신과 환자는 이미 지난 일로 고민하고 분노하고 후회합니다.

What is done is done.

셰익스피어가 한 말입니다. 이미 끝난 일, 지금 와서 어떻게 해본들 그 사실이 바뀌진 않습니다. 그런데도 그 과거에 집착해 현재의 삶을 망치고 있는 것입니다. 또 그런가 하면 아직 닥치지도 않은 미래 일을 걱정하는 나머지 잠도 못 자고 불안해 어쩔 줄 모릅니다. 크리슈나무르티는 "지금 이 순간이 내게 주어진 마지막인 양 살자"고 했고, 임제 선사도 "바로 지금이지 다시 시절은 없다"고 했습니다. 선마을 프로그램의 지금 여기를 강조하는 뜻이 이해되었으면 좋겠습니다.

이번엔 조용히 체중을 왼발로 옮겨보세요. 아까보다 더 확실한 느낌이 옵니다.

대지와 내가 하나 되는 순간, 그지없이 마음이 편안합니다. 이것이 대지가 주는 또 하나의 축복입니다. 아주 천천히 제자리걸음을 해보세요. 내 속에 남은 모든 찌꺼기를 대지로 흘려보내십시오. 모든 부정적인 생각, 감정을 모두 흘려보내십시오. 기억나죠? 하늘이 쩡쩡 갈라지는 번개도, 대지는 순식간에 중화시켜버립니다. 하물며 우리 인간이 갖는 작은 번민이며 고민이랴. 모두 털어 지구로 어스Earth시키십시오. 이제 우리 몸엔 맑은 정신, 고운 마음, 순수한 혼만이 남아 있습니다. 완벽한 정화淨化입니다.

작은 생명체도

이젠 더 찬찬히, 자세히 바로 내 주변을 보십시오. 저보다 큰 짐을 지고도 부지런한 개미의 움직임, 아무도 봐줄 이 없는 바위틈의 보일 듯 말 듯한 야생화, 벌레를 입에 문 새들의 경계…… 저마다의 삶을 최선을 다해 열심히 살고 있습니다.

아이오와 대학에서 한 실험입니다. 사방 30cm의 나무통에 밀 한 톨을 심었습니다. 이윽고 싹이 트고 자라 몇 톨의 열매도 달렸습니다. 연구진들은 통을 부수고 뿌리의 총 길이를 재보았습니다. 전자현미경까지 동원하여 모세근까지 다 재본 총 길이는 11,200km, 경부선 왕복 800km를 열네 번 오가는 길이입니다.

와! 자연의 위대함에 다시 한 번 큰 감동을 받습니다. 나무통 흙 속에서 싹이 튼다는 것부터 신기한 일입니다. 열매를 맺기까지 혼신의 힘을 다한 것입니다. 그 비좁고 열악한 환경에서 잔뿌리를 뻗어 흙 속의 자양분을 흡수, 이윽고 한 그루 밀로 자란 것입니다. 몇 톨 안 되지만 열매가 맺기까지 실험실의 매캐한 매연, 밤의 어둠과 차가움, 비를 맞고 바람에 흔들리며 이슬과 안개 속에 어둠과 차가움을 이겨내고 태양과 따스함을 맞으면서…… 대지와 하늘과, 그야말로 전 우주가 참여한 결실입니다. 누가 이

밀을 두고 연약하다느니 초라한 수확이라느니 나무랄 수 있으리오. 밀은 이렇게 자라 생존한 것만으로도 정녕 위대한 것입니다. 멀리 아프리카 세렝게티 생각이 또 납니다. 끝없는 평원입니다. 보기만 해도 시원하고 참으로 평화롭지요? 하지만 거기엔 언제나 팽팽한 긴장이 감돌고 있습니다. 쫓고 쫓기고 먹고 먹히고, 살아남기 위한 필사의 노력을 하지 않으면 안 됩니다. 약육강식, 생존의 원리가 선명한 것이 아프리카 광야의 짐승세계죠. 한가로이 하늘을 나는 새들도 눈 깜짝할 사이에 밥이 되고 맙니다. 여기서는 '어떻게 사느냐'가 아닙니다. 그냥 '산다'는 자체뿐입니다. 이 거친 들판에 지금 이 순간까지 살아 있다는 자체가 놀랍고 가치 있는 일입니다.

산다는 건 참으로 대단한 일입니다. 생명체는 '살아 있다'는 것만으로 참으로 존귀한 존재입니다. 비록 초라하지만 밀 한 톨이 여물 때까지 전 우주가 참여한 참으로 귀한 존재입니다.

난 이 이야기를 우울증 환자에게 잘 들려줍니다. 생명은 자기 것이 아닙니다. 전 우주가 참여한 존귀한 생명을 자기 마음대로 함부로 할 수 없습니다. 자살이라니? 턱도 없는 소리입니다.

그늘에 앉아

주위의 나무들을 둘러보십시오. 나무는 어느 하나 같은 게 없습니다. 장군처럼 우뚝 버티고 선 게 있는가 하면 가냘픈 허리로 꼬리를 치는 것도 있습니다. 나무에 가까이 다가서보십시오. 나무는 비탈길에도 반듯하게 서 있는 것이 신기합니다. 조용히 어루만져보십시오. 터지고 갈라진 나무껍질이 인고의 세월을 말해줍니다. 눈, 비, 태풍, 겨울 찬바람…… 그 속에 저 의연함이라니!
'나무야 애썼다. 모진 세월 용케도 버텨왔구나.'
나무의 기상이 부럽습니다. 그 기상 닮고 싶지 않습니까?

때로는 나무가 꽃보다 아름답다고 생각해 본다.

화려하지 않지만 자기가 서야 할 자리에서 묵묵히 풍파를 견뎌내는 인고의 세월이, 향기롭지 않지만 두 팔 높이 들어 기도하며 세상을 사랑으로 껴안는 겸허함이 아름답다.

하늘과 땅을 연결하고, 달이 걸리고, 해가 뜨는 나무는, 신만이 지을 수 있는 아름다운 시詩다.

허브나라 사색길에 걸린 장영희 교수의 〈수상록〉 한 구절입니다. 나이가 몇인지 나무에게 물어보세요. 이름은? 오늘 기분은? 그리고 나도 소개를 해야지요. 어디서 온 누구이며 오늘 왜 여기 왔는지도 나무는 궁금해하고 있답니다.

두 발을 가진 인간이라는 동물은 왜 그리도 분주하게 싸돌아다녀야 하는지, 나무가 물어올지도 모릅니다. 대답할 준비가 되어 있습니까?

조용히 어루만지며 뺨을 대보십시오. 나무를 타고 오르는 물줄기의 고동을 들어보십시오. 지금 이 순간에도 나무는 바쁩니다. 깊이, 넓게 뻗은 뿌리를 통해 수분과 자양분을 저 하늘 끝까지 뻗은 잔가지, 나뭇잎 하나에까지 올려보내야 합니다. 나무에도 맥박이 있습니다. 저 무성한 잎들에게 영양과 수분을 공급해주는 것만으로 엄청난 일입니다.

하늘 끝까지 뻗은 끝을 올려다보십시오. 그리고 땅속 깊이 뻗어 있는 뿌리를! 하늘과 땅-나무는 우주를 잇고 있는 지렛목입니다. 이 나무와 함께 하나가 되면 이제 나도 천지인天地人이 됩니다.

지칩니까? 피곤합니까? 그럴 때 아메리칸 인디언은 숲속에 들어가 큰 나무를 안고 힘을 청합니다. 폭풍우에도 꺾이지 않는 힘과 설한풍을 이겨낸 인내력 그리고 영적인 충만감에 넘치는 나무의 고동과 공명할 때면 절로 힘이 생깁니다.

이제 나무에 감사할 일을 찾아보는 시간입니다. 너무 많습니다. 우리에게 그늘을 만들어주고, 바람을 일게 하고, 푸름을 가져다

줍니다. 꽃이 피고 열매가 맺고, 그리고 화려한 낙엽이 되어 썩
으면 내년 봄 싹이 틀 땅의 거름이 되고, 공기를 맑게 하고……
끝이 없습니다. 그러고도 결코 생색을 내지 않습니다.

"나무야 고맙다!"

이 말이 절로 나옵니다. 나무에게도 영혼이 있다는 것을 느꼈으
리라 생각됩니다.

"나무처럼 살았으면 얼마나 좋을까!"

어느 선사가 한 말입니다.

하늘을 향해 누워보세요

낙엽 위에 편안히, 큰대 자로 누워보세요. 낙엽의 포근한 감촉이 엄마 품처럼 아늑합니다. 낙엽의 속삭임이 엄마의 자장가처럼 평화롭게 들립니다.

광대무변한 하늘을 쳐다보십시오. 답답한 가슴이 활짝 열립니다. 저 하늘의 끝은 어디일까 찾아보세요. 보입니까? 그러면 그 다음은……?

철학은 하늘을 쳐다보다 생긴 건 아닐까 생각합니다. 누워 하늘을 올려다보면 누구나 철학가가 되는 기분입니다. 결코 나쁘지 않은 기분입니다.

이리저리 흩어졌다 다시 모이고 한가로이 유유히 떠가는 구름! 그들의 우아한 몸짓을, 춤을, 노래를 그리고 그들의 이야기를! 그들과 함께 끝없이 먼 하늘가로 떠나보십시오. 거기엔 시간도 공간도 없습니다. 하늘과 구름과 우리는 하나가 됩니다. 그러고는 그들의 부드럽고 푸근한 품에 안겨 어린이처럼 흥얼거려보십시오. 내 삶이 얼마나 풍요롭고 평화로운가를 느껴보십시오.

"하늘아, 고맙다!"

이 말이 절로 나오게 됩니다. 크게 한번 외쳐봐도 괜찮습니다. 그럴 때면 하늘이 응답을 합니다. 우주는 모든 걸 조화롭게 만드는 힘이 있습니다. 그러기에 지구도, 자연도, 인류도 수억 년을 면면히 이어져오고 있습니다.

그게 우주의 질서요, 원리입니다. 우린 그걸 믿고 있습니다. 때론 심술궂을 때도 물론 있습니다. 기상이변으로 엄청난 재앙을 만들 때도 있습니다. 그것도 우주의 질서요, 순환 원리입니다. 하지만 그건 잠시일 뿐, 지금의 저 푸른 하늘, 평화로운 구름을 보세요. 우주는 이렇게 '모든 게 잘 되도록 되어 있습니다.' 우리는 이 위대한 힘을 믿어야 합니다. 땅 위의 인간사人間事도 예외가 아닙니다.

독수리 한 마리가 창공에 유유히 떠 있습니다. 하늘을 믿기 때문입니다. 하늘과 하나이기에 기류를 타고 유유히 날 수 있는 것입니다.

아무리 무서운 태풍도 오래 불지 않습니다.

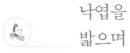

낙엽을 밟으며

사색길엔 낙엽이 수북이 쌓여 있습니다. 바삭바삭 낙엽 밟는 소리가 발아래 절묘한 화음을 만들어줍니다. 발목까지 잠기는 낙엽을 제쳐 밟으며 당신은 무슨 생각을 하게 됩니까? 낙엽의 일생, 나 그리고 우주의 질서. 거역할 수 없는 어떤 힘에 밀려가는 그런 기분, 아, 그래서 인생무상이라 했던가요.

천년을 그렇게 푸르청청할 것 같더니, 때가 되면 잎들은 조용히 아름다운 퇴장을 준비합니다. 힘이 넘치는 푸른 옷을 벗고 빨강, 노랑으로 갈아입기 시작합니다. 그리고 찬서리 내리고 스산한 가을바람이 불면 잎들은 아름다운 군무를 펼치며 미련 없이 떨어져 날리며 사뿐히 땅으로 내려앉습니다. 참으로 화려한 최후의 무도회를 펼칩니다. 낙엽귀근落葉歸根, 잎은 지면 뿌리로 돌아가는 것. 계절 앞엔 속절없이 져야 하는 게 잎의 숙명인걸요. 너도 가고 나도 가고, 세월의 덧없음을 실감하게 됩니다. 낙엽을 밟으면 세월은 오는 게 아니라 가는 거구나 하는 생각을 진하게 하게 됩니다.

잎들은 자기에게 주어진 운명을 거역하지 않습니다. 저항 없이, 미련 없이 아름다운 퇴장을 합니다. 떨어진 잎들은 바람 부는 대로 구르다 어느 골짜기에 모여 다정하게 소곤거립니다. 귀를 기울여 낙엽의 대화를 들어보십시오. 힘이 넘쳤던 여름을 회상하는 걸까요, 아름다운 가을을 이야기하는 걸까요? 온갖 모양, 온갖 색깔의 잎들이 다 모여 있지만 그들은 결코 시샘이나 다툼을 하는 것 같진 않습니다. 바람이 불면 또 어디론가 뿔뿔이 흩어질 다음 순간을 모르는 운명이지만 잎들은 지금 이 순간 다정한 이웃이 됩니다. 이건 우주가 그린 한 편의 아름다운 서사시입니다. 누가 이 우주의 질서를 거역할 수 있으랴. 낙엽은 우리에게 아름답게 떠나가는 법을 가르쳐줍니다.

낙엽이 주는 교훈은 또 있습니다. 무슨 미련인지 앙상한 가지에 매달린 몇 잎이 아직 남아 있습니다. 때가 한참 지났는데도 매달려 바둥거리는 색 바랜 잎들을 보노라면 보기에도 딱하고 민망스럽습니다. 자리를 비워줘야 내년 봄 새싹이 트는 건데. 꽃도 잎도 필 때 아름다워야 하지만 질 때도 마찬가집니다.

우리 사회에도 가끔 이런 위인들이 있지요? 인생이 너무 추하고 측은해보입니다. 낙엽은 언제, 어떻게 떠나야 하는가를 가르쳐줍니다.

자연 속에 나를
만나는 시간

오솔길에서 나를 만나는 시간입니다. 잊어버린 나를 찾는 시간입니다. 우리가 왜 이 깊은 산골에 들어왔을까요? 기왕이면 시원한 바닷가나 전망 좋은 탁 트인 곳으로 마을을 정할 것이지. 물론 그런 곳은 속이 시원해서 좋습니다. 하지만 그때 우리 시선은 어디로 향합니까? 멀리 떠가는 배, 수평선을 바로 보게 되지요. 심리학에선 이를 '에고 아웃Ego-out' 즉, 자아가 밖으로 나간 상태라고 말합니다. 바닷가 사람들은 아주 개방적이고 진취적입니다. 성격도 화끈하고 마음이 열려 있습니다. 따라서 나를 돌아보는 자성自省의 기회가 없습니다. 바닷가에서 깊은 사상가, 종교가, 철학가가 잘 나오지 않는 것도 그래서입니다. 톨스토이가 만약 지중해 미녀들 사이에서 태어났다면 우린 어쩌면 그를 못 만나게 됐을지도 모릅니다. 깊은 사색, 철학은 역시 산중이라야 합니다. 수도원, 사원이 산중에 있는 사연이 이해됩니다. 우리가 깊은 산골에 산마을을 만든 까닭은 '나를 만나는 시간'을 갖기 위해서입니다. 숲속에선 멀리 보이지 않기 때문에 절로 '에고 인Ego-in'의 심리 상태가 되기 때문입니다. 마음이 절로 나를 들여다보게 됩니다. 산이라야 내가 보입니다.

바쁜 일상에 쫓기다 보면 우린 거의 '나를 잊고' 살아가기 십상입니다. 지금 내가 어디로 가고 있는지, 미처 나를 돌아볼 시간이 없습니다. 아예 나를 만나기 두려워 피하는 사람도 있습니다. 늙은 여배우가 거울을 멀리하듯 후회, 자책, 창피 이런 것들이 싫어 더욱 자기를 바쁘게 만든다는 사람도 있고 아예 술에 젖는 사람도 있습니다. 그래서 하는 말입니다. 한 번쯤 나를 돌아보고 나를 만나는 시간을 가져보자는 겁니다. 싫든 좋든 내 모습을 찬찬히 들여다보자는 겁니다. 자기 그림자도 보입니다.

세상 어디에, 누구 앞에 내놓아도 한없이 자랑스럽고 존경스러운 자리에 선 여러분입니다. 그러나 또 한편, 인간인 이상 누구에게나 약점, 결점, 창피한 일이 있습니다. 해서 우린 이를 마음속 깊이 숨겨두고 남에게 내보이려 하질 않습니다. 없는 것처럼 위장도 하기 때문에 우리 자신조차 모르고 지냅니다. 하지만 이건 대단히 위험합니다. 이걸 감추기 위해 때론 과장, 위선, 거짓말도 합니다. 하지만 마음이 편치 않습니다. 남은 속여도 나를 속일 순 없기 때문이지요.

심리학자 융은 이 비밀스러운 구석을 '그림자Shadow'라고 불렀으며, 여기에도 긍정적인 의미를 부여하고 있습니다. 그 숨겨진 부분을 확인하고 수용할 수만 있다면, 자기 이해의 바탕 위에 오히려 성장할 수 있습니다. 이것이 융의 위대한 통찰입니다.

우리는 아랫사람들에게 대체로 너그럽습니다. 그들이 잘못을 저질러도 엄하게 꾸짖은 다음 용서하고 사랑으로 감싸안습니다. 남에게 관용을 베풀듯 내 자신에게도 너그러워져야겠습니다. 자신과 화해 못하는 어두운 비밀을 가지고 있다면 지금쯤 마음이 편해졌으면 좋겠습니다.

자연의
순리

떨어진 낙엽을 모아보십시오. 낙엽을 한 줌 쥐고 부드러운 촉감을 느껴보십시오. 냄새도! 이제 머지않아 낙엽들은 썩어 다시 땅으로 돌아가겠지요. 자연의 순환 질서를 조용히 눈감고 지켜보십시오.

낙엽이 지면 뿌리로 돌아갑니다. 다시 흙으로 돌아가는 게 자연의 순리입니다. 대우주의 순환 원리 앞에 인간이라고 예외가 아닙니다. 그러나 낙엽귀근은 이런 단순한 순환론은 아닙니다. 죽은 자기 몸은 오직 작은 자기일 뿐, 보다 근원적인 모母적인 자연, 우주의 일부로 회귀하는 것입니다. 거기엔 지금의 나, 소아小我는 이미 없고 보다 큰 우주적인 대아大我로 부활하는 장입니다. 흙으로 돌아가 거름이 되어 대지의 생명력에 합류, 나무를 타고 올라가 새싹을 틔우고 잎이 되어 하늘의 기운, 전 우주의 기운과 합류하여 천지조화天地造化를 이루는 장대하고 신비스러운 드라마의 장에 참여하게 되는 것입니다. 우주와 하나가 되는 천지합일의 감동적인 과정입니다.

이럴 때 비로소 우리는 새로운 생명력으로 부활하며 위대한 자연의 일부로 환원되는 것입니다. 우리가 왔던 고향으로 되돌아가는 것입니다. 장례식엔 썩지 않는 나무, 돌로 된 관도 있습니다. 어느 세월에 자연의 일부로 새롭게 탄생할 수 있을는지요.

자연의 순리대로라면 수목장도, 자연장도 참 좋겠단 생각을 하게 됩니다. 선마을에 오신 분들에게 우리가 노후뿐 아니라 사후까지도 책임을 지겠다고 하면, 사람들은 웃습니다. 하지만 이건 농으로 하는 소리가 아닙니다. 원하신다면 수목장을 치러드립니다. 마음에 드는 나무를 하나 고르십시오. 마음에 드는 게 없으면 제 손으로 한 그루 심는 것도 좋습니다.

"나와 오랜 세월 좋은 벗이 되자. 서로 대화도 나누고 함께 잘 지내자."

나무에 대한 애정이 한결 새로워질 겁니다. 생전에 언제 방문해도 자신들에겐 특별한 나무가 될 것입니다. 든든한 나무 등에 기대어 잠시 쉬다 가시고 그간 지내온 이야기도 좀 하십시오. 이 숲이, 이 산이 더 소중하고 다정하게 다가올 것입니다.

자연과 더불어

모든 삶은 정녕 신비롭고 오묘합니다. 그리고 삶은 그 자체로서 위대하고 존귀합니다. 사람만이 위대하고 존귀할 순 없습니다. 사람은 자연의 일부요, 자연과 함께 공생해야 하는 존재인 것입니다. 강물 보고 절하고 바위 앞에 엎드려 소원을 비는 우리 할매. 큰 나무에 새끼줄 매놓고 마을의 안녕을 비는 우리 조상네를 비웃는 사람도 있습니다. 미신이다 우상숭배다, 규탄하는 사람도 있습니다. 나도 학교에서 그런 교육을 받았습니다. 하지만 요즈음 생각이 좀 달라졌습니다.

우리는 언제부터인가 서구 중심 사상에 빠졌습니다. 서구학자가 말하는 게 진리이고 서구 미인이 미인입니다. 하지만 이제 우리 이야기를 할 때가 되었습니다.

자연 파괴가 심각합니다. 드디어 지구가 인간과의 공생을 포기, 반발하기 시작했습니다. 근년의 기상이변은 이변이 아닌 인간이 자초한 재앙입니다. '자연은 인간을 위해 존재하며 봉사해야 하는 것, 이용·개발되어야 한다'는 인간 중심의 서구적 사상이 빚은 불행입니다. 과연 인간만을 위해 이 지구가, 우주가 존재하는 것일까요? 이제 와서 자연 보호니 하고 수다를 떨지만 그 역시 인간 중심에서 벗어나지 못한 증거입니다. 지나친 자연 파괴로 인간이 못 살게 되었으니, 이제야 보호해야겠다는 얄팍한 생각입니다. 오만방자의 극치입니다.

우리는 산천초목에 불성이 있고 신이 깃들어 있는 것으로 믿어 왔습니다. 서구학자들은 애니미즘Animism, 신크레티즘Syncretism 이라며 비판하고, 원시인의 미개적 종교 의식으로 치부해버립니다. 서구 사상의 바탕에는 인간만이 신의 보살핌을 받는다는 인간 중심의 사상이 자리하고 있습니다. 이것이 오늘날 지구 환경 오염의 주범이 아닐까요? 나는 우리 조상의 순박한 자연 존중 의식이 앞으로의 미래 사회를 뒷받침하는 사상이 될 거라고 믿습니다. 예민한 종교 의식까지 들출 것도 없습니다. 애니미즘, 신크레티즘의 장점을 살린 다신교적 사상이 우리가 앞으로 세계에 이바지할 수 있는 정신 자산이 아닐까요?

한참 전입니다. CNN 방송에서 캐나다의 기상학자가 녹아내리는 빙하 앞에서 한 연설이 참으로 충격적이었습니다.

"지구촌 여러분, 기상이변 때문에 고생이죠. 태풍도 예사롭지 않습니다. 한여름 유럽에 눈이 내립니다. 화산 폭발도 더 잦고 대형입니다. 그래서 기상이변이라고들 난리입니다. 하지만 이건 이변이 아니라 정상 기상입니다. 남극, 북극 빙하가 녹아내리고 지구 온도가 2도나 상승했다는데 기상이 옛날 같다면 그것이야 말로 이상이요, 이변입니다. 내 등 뒤의 이 아름다운 빙하도 금세기 내에 다 녹아내릴 겁니다."

드디어 지구가 반발하기 시작했습니다. 인간과의 공생을 거부하고 나선 거지요. 개발 광풍에 날뛰는 현대인에 대한 엄중한 경고입니다.

자연은 보호 대상이 아닙니다. 보호라니? 보호는 강자가 약자를 보호하는 겁니다. 한낱 미물인 인간이 어찌 이 위대한 대자연을 보호한단 말입니까. 가당치도 않은 망상입니다. 자연은 보호 대상이 아닙니다. 인간도 자연의 일부로서, 함께 사는 겁니다. 자연을 정복·지배·관리·이용한다는 생각에서 벗어나 자연과 함께 산다는 생각으로 바뀌어야 합니다. 그러기 위해선 자연에의 외경심이 있어야 합니다. 우리 조상의 자연과의 평등 사상이 서구인에게 구원의 길을 열어줄 수 있을 것으로 믿어봅니다. 우리 조상에겐 신과 인간과 자연은 하나였습니다. 한국화를 보십시오. 사람이라곤 지팡이에 기댄 초라한 노인이 대부분입니다. 자연 앞에 한없이 겸손한 자세입니다. 집을 그려도 나무에 가려 겨우 지붕 끝만 살짝 보입니다. 자연과 하나라는 동화 사상에서 비롯됩니다. 서구 미술관에 벽면 가득 사람 얼굴만 크게 그려놓은 것과는 차원이 다릅니다.

불행히도 서구식 개발 광풍이 여기도 불어 우리의 아름다운 강산이 초토화되어가고 있습니다. 못내 안타깝습니다. 도로는 또 왜 그렇게 많아야 하는지. 오늘도 계속입니다. 문제는 누구도 새 도로를 말릴 세력이 없다는 사실입니다. 제발 이제 그만!

정상의
야호!

정월 초하루 아침이면 동해안은 새해맞이 인파로 몸살을 앓습니다. 시끌벅적합니다. 모래사장엔 아예 음악판을 벌려 놓은 곳도 있습니다. 한심하다 못해 눈물이 날 지경입니다.

수평선에 해 뜨는 여명 앞에 서면 경건한 마음에 숨도 제대로 쉴 수 없습니다. 눈만 감으면 원시의 해변에 나 홀로 선 장엄함이 온몸에 넘칩니다. 드디어 새해가 그 아름다운 모습을 드러내는 순간, 이게 웬일입니까. 갑자기 "야호!" 하는 소리에 깜짝 놀랍니다. 조용한 아침의 나라에, 뜨는 해가 놀라 다시 쏙 들어가지나 않을까 걱정입니다. 숨도 쉴 수 없는 이 경건한 순간에 어떻게 야호 소리가 나올까요?

해변만이 아닙니다. 남보다 먼저 새해를 보겠다고 높은 산에 오르는 극성도 있습니다. 한겨울 깜깜 밤에 눈 속을 헤집고 산정에 올라 이윽고 해가 뜨면 약속이나 한 듯 "야호!" 하고 고함을 질러 댑니다. 입에 손을 대고. 더욱 극성은 이 장면이 1월 1일 온종일 뉴스마다 방영되고 있습니다.

몇 해 전 건강마라톤 대회에서 당시 MBC 사장을 만났습니다. 내가 물었습니다.

"최 사장, 우리 인간에게 무슨 특권이 주어졌다고 조용히 잠든 산짐승들의 새벽 단잠을 깨울 수가 있습니까? 야호! 소리에 산 짐승이 놀란다는 생각을 왜 못하십니까? 제발 뉴스 시간에 그 야호! 장면만은 내보내지 말아주십시오."

최 사장은 정중했습니다.

"그러네요. 스태프와 의논하여 내가 사장으로 있는 한 내보내지 않겠습니다."

그리고 다음 새해 아침. 지금은 숲의 나라 생명의 수도, 강원 도지사인 최문순, 당신은 그 약속을 지켰습니다. 고맙습니다.

산정에 오르면 '야호!'가 아닙니다. 절로 무릎을 꿇게 되지 않습니까.

태양의 정기를

태양을 향해 앉으세요. 나뭇가지 사이로 태양이 눈부십니다. 어둡던 숲속도 훤히 밝아졌습니다. 우리 마음도 한결 밝아졌지요?

태양은 어둠을 거부합니다. 박두진의 시에 나오는 '산 너머 산 너머로 어두움을 살라먹고'처럼 밝음 그 자체입니다. 우리도 태양처럼 밝게, 맑게, 그렇게 살아야겠습니다.

태양은 세상의 모든 아름다움을, 찬란함을 만들어냅니다. 태양이 없다면 어떻게 그 영롱한 무지개를 하늘에 그릴 수 있을까요? 세상 모든 아름다움은 태양 없이 빚어질 수 없습니다. 나도 태양처럼 아름답게 찬란하게 빛나길. 그리고 나로 인해 온 세상이 아름다워지길!

태양은 모든 생명의 근원입니다. 엄청난 생명력으로 넘쳐납니다. 그 힘을 듬뿍 받아 활기찬 하루가 되도록 해야겠습니다. 특히 아침 해는 신선합니다. 내 심신도 저렇게 신선함으로 넘쳐나야겠습니다.

태양은 뜨겁습니다. 그리고 태양은 따뜻합니다, 그렇게 열정적으로, 따뜻한 가슴으로 이웃을 그리고 나를 만나야겠습니다.

태양보다 강한 힘은 없습니다. 태양 앞에 앉으면 온몸에 힘이,

활력이 넘칩니다. 그러면서 한없이 부드러운 게 또한 태양입니다. 우리는 〈북풍과 태양의 힘겨루기〉 동화를 잘 알고 있습니다. 찬바람이 불수록 신사는 코트 깃을 더욱 단단히 여밉니다. 다음 차례, 따뜻한 태양이 비치니까 신사는 자연스레 코트를 벗습니다. 부드러움이 강하다는 것을 다시 한 번 새겨야겠습니다.

온 우주의 정기를 온몸으로 듬뿍 받은 아침이 되었습니다.

하산에
즈음하여

하산下山할 시간입니다. 온몸에 산의 정기를 듬뿍 안고 우린 다시 삶의 터전으로 돌아가야 합니다. 거기엔 또 치열한 삶이 우리를 기다리고 있습니다. 전력투구해야 합니다. 그것 또한 삶의 본질이요, 우주의 질서이니까요. 다시 한 번 둘러보십시오. 설령 보기엔 평화로운 산이지만 삶은 결코 가볍지 않음을 깨닫게 됩니다. 열악한 환경에서 모두는 최선을 다해 살아가고 있습니다. 삶의 엄함이 절실히 다가옵니다. 삶이란 그래서 존귀한 것입니다.

인류가 까마득한 사바나의 원시생활에서 오늘에 이르기까지 산다는 게 그리 간단한 일은 아니었습니다. 이젠 과학문명의 발달로 편하고 잘살게 되었지만 그 역기능 또한 만만치 않습니다. 인류는 그 전에 겪어보지 못한 전혀 새로운 시련과 도전에 직면하고 있습니다. 과학문명은 양날의 칼입니다. 환경 파괴, 공해 그리고 급변한 개인의 생활습관, 없던 병이 새로 생기고, 있던 병은 급증하고, 인류 역사상 처음 겪게 되는 엄청난 시련에 직면해 있습니다. '잘 산다는 게 도대체 뭔가?' 하는 궁극적인 물음 앞에 누구도 시원한 답변을 주지 못하고 있습니다.

자연이 다시 주목을 끌게 되는 건 이러한 시대적 긴박감, 절박감에서 오는 자연스러운 반응입니다. 자연으로 돌아가자는 기치 아래 조용한 운동이 설득력을 얻고 있습니다. 교외로, 교외로 탈출하면서 도심이 텅 빈 슬럼가로 변해가는 것도 선진국의 기현상입니다. 교외가 자꾸 확장되다 보니 어느덧 도시와 도시의 경계가 없어져가고 있습니다. 이젠 우리도 서울과 경기도는 경계가 없습니다. 수원과 서울은 물론이고 천안, 대전도 멀지 않습니다. 미국엔 이미 거대도시의 탄생을 예고하고 있고 이름까지 지어놓고 있습니다. 동해안엔 보스워시(보스턴에서 워싱턴), 서해안엔 샌샌(샌프란시스코에서 샌디에이고), 중부엔 시피츠(시카고에서 피츠버그). 우리도 멀지 않았습니다. 서울에서 대전이 '서전'이라는 새로운 이름으로 등장할 날이.

이야기가 빗나갔습니다. 거대도시의 출현은 필연적으로 엄청난 인재人災를 동반하게 됩니다. 그럴수록 인간은 자연으로부터 멀어집니다. 건강만이 아닙니다. 정신적으로 불행해지기 시작합니다. 그렇다고 도시 생활을 외면하고 자연에만 묻혀 살 수도 없는 게 현실입니다.

처방이 쉽지 않습니다. 단 도심에선 치열하게 살되 가끔 자연을 찾아 '완전 휴식'을 하자는 겁니다. 일본 산림과학청의 연구에 의하면 숲속에서의 완전한 휴식으로 지친 세포가 신선·활성화되면 그 효과가 한 달은 간답니다. 그리고 도심에 돌아와 살면서도 숲속의 체험을 눈 감고 조용히 마음속으로 다시 상기하는 시간을 갖는 것만으로도 지친 세포에 휴식을 줄 수 있다고 합니다.

그리고 잊지 말아야 할 것은 도심에도 지천에 널린 게 자연입니다. 베란다의 꽃, 정원의 매미 소리를 보고 들을 수 있고 우리의 도심 한복판에서 가로수 아래를 거닐 수 있다는 게 얼마나 큰 축복입니까. 한 정거장만 가면 크고 작은 공원이 있고 눈을 들어보면 사방에 산입니다.

문제는 우리 마음의 여유입니다. 치열하게 살되 잠시의 여유를 갖고 도심의 자연을 느끼고 음미하자는 겁니다. 치열한 만큼 휴식이 필요합니다. 삶은 균형과 조화입니다.

에필로그

어정쩡한 대로 끝낼 수밖에 없을 성싶습니다. 할 이야기가 아직도 많이 남았는데 내 재주로는 더 이상 풀려나오지 않습니다. 산이야기를 쓰기엔 내 인간적 깊이나 무게가 감당할 수 없다는 결론인 것 같습니다. '자연에의 외경심'을 그리고자 한 게 겨우 뒷동산을 오르다 만 형국이 되었습니다. 붓을 놓으려니 부끄럽고 한편 아쉬운 건 그래서입니다.

내게 산의 그림자나마 가르쳐준 건 역시 선마을입니다. 도시인에게 산을, 자연을 돌려주자. 그리하여 그 위대한 산의 힘으로 도시인의 생활습관병을 예방·치유하자는 게 우리 선마을의 설립 이념이자 철학입니다. 초창기엔 이 뜻을 주위 사람에게 이해시키기가 무척 힘들었습니다. 고맙게도 대웅을 비롯한 풀무원 등 건강 관련 기업에서 내 뜻에 공감하고 지원을 해주었습니다. 특히 경영 책임을 맡은 대웅제약의 윤재승 회장의 폭넓은 이해와 인내가 오늘의 선마을 전통이 확립되는 데 결정적 역할을 해주었습니다. 산을 산같이 지켜주었고 경영이 어려운데도 우리의 순수한 이념을 그대로 살려 산이 주는 힐링의 세계적 명소로 자리매김한 것입니다. 감사합니다. 정부 산림청에서도 이런 노고를 인정, 대통령 표창까지 해주었습니다.

졸저를 읽고 이제 산은 그냥 산이 아니구나 하는 생각이 독자들 마음에 자리했으면 그로써 큰 보람이겠습니다.

시원찮은 글을 기꺼이 출판해주신 자음과모음 스태프들에게 깊이 감사드리면서 책에서 못 다한 이야기는 북 카페에서 마저 할 수 있도록 마련해주시기 부탁드립니다.

내게 산에 대한 영감을 깨우치게 해준 기관들이 많습니다. 산림청, 산림과학원, 산림치유포럼, 선마을, 숲해설가협회, 녹색문화재단, 봉평 허브나라, 세로토닌문화 모두에게 감사를 드립니다.

못난 글에 웃지 않고 선뜻 추천사를 써주신 엄홍길 대장, 김효선 작가의 후의는 잊지 않겠습니다. 끝으로 조용한 그림으로 졸저를 산같이 다듬어주신 김양수 화백의 우의에 감사드립니다.

숲으로 가면 깨닫는 것들

ⓒ 이시형, 2020

초　판 1쇄 발행 2013년 1월 25일
개정판 1쇄 발행 2020년 6월 10일

지은이	이시형
펴낸이	정은영
기획편집	고은주 정사라 문진아
마케팅	이재욱 최금순 오세미 김하은
제작	홍동근

펴낸곳	(주)자음과모음
출판등록	2001년 11월 28일 제2001-000259호
주소	04047 서울시 마포구 양화로6길 49
전화	편집부 (02)324-2347, 경영지원부 (02)325-6047
팩스	편집부 (02)324-2348, 경영지원부 (02)2648-1311
이메일	jamoteen@jamobook.com

ISBN 978-89-544-4258-9 (03810)

이 도서의 국립중앙도서관 출판시도서목록(CIP)은 서지정보유통지원시스템 홈페이지
(http://seoji.nl.go.kr)와 국가자료공동목록시스템(http://www.nl.go.kr/kolisnet)에서
이용하실 수 있습니다.(CIP제어번호: CIP2020016940)